想象另一种可能

理
想
国

imaginist

寻琴者

郭强生 著

北京日报出版社

图书在版编目(CIP)数据

寻琴者 / 郭强生著 . -- 北京：北京日报出版社，2021.7
ISBN 978-7-5477-3935-8

Ⅰ . ①寻… Ⅱ . ①郭… Ⅲ . ①长篇小说－中国－当代
Ⅳ . ① I247.5

中国版本图书馆 CIP 数据核字 (2021) 第 051681 号

责任编辑：许庆元
特约编辑：黄盼盼
封面设计：wscgraphic.com
内文制作：李丹华

出版发行：北京日报出版社
地　　址：北京市东城区东单三条 8-16 号东方广场东配楼四层
邮　　编：100005
电　　话：发行部：（010）65255876
　　　　　总编室：（010）65252135
印　　刷：山东韵杰文化科技有限公司
经　　销：各地新华书店
版　　次：2021 年 7 月第 1 版
　　　　　2021 年 7 月第 1 次印刷
开　　本：787 毫米 × 1092 毫米　1/32
印　　张：6
字　　数：86 千字
定　　价：48.00 元

《寻琴者》的读者们

朱天文：

　　《寻琴者》里，这个"情"是大哉问，怀疑论的，也是郭强生一生的主题与变奏。从《作伴》开始，书名都点题了，好孤独的人，试着去与一个又一个孤独的人作伴。这次选了钢琴调音师来写，难度很高。经过时间的过滤与沉淀，结晶出节制的爱慕，以及与这爱慕同等量的寂寞，厚积薄发，令人耳目一新。

甘耀明：

　　如猫印般音符的轻缓语言，演奏出一段迷人故事，倾诉了人、音乐与情感之间的灵魂归属，如此的苍茫雪景与沧桑人生的互映，只有郭强生老师的《寻琴者》能承载，这是一部令人眷恋的小说。

马世芳：

　　几百年来，无数大师双手在黑白键上千锤百炼，通过亿万双耳朵，终于凝成人类文明至美的结晶。为了创造那至美，历来毁灭了的灵魂，虚掷了的才华，耗损了的岁月，尽皆不可数算。那追求的彼岸，可以是至高的顶峰，也可以是无底的深渊。

　　我想，这本书既写出了深渊的黑暗，也写出了那不可方物的至美。

焦元溥：

　　"每个音都准，音律却不准。"交织业内秘辛与业外叙事，准与不准之间，《寻琴者》捕捉了微妙暧昧难言的情感音调，呼唤读者的悠长共鸣，听到琴韵也感受心声。

周芬伶：

　　《寻琴者》关于音乐与乐器的描写很多，从小听曲、唱曲的强生，有着善于审音的听觉，他写了一个听觉小说，让感情更纯粹与空灵。这本书在谈艺术，更在谈创造小说的叙述艺术，然而爱情总是他作品中的终极艺术，因为不完美，甚至千疮百孔，更能说明细致纯粹的情爱更是艺术，这是作者孤独的艺术，也是悲伤的救赎。

郝誉翔：

《寻琴者》写得最好的，莫过于"败坏"二字，从音乐之美延伸而出的，竟是一幅千疮百孔的废墟，花冠顿萎，天人五衰，缠绵悲戚的哀歌，曲折道出了小说中人物的秘密心事，而在那不为人知的过往回忆中，欲望和挫折相伴，最终只剩无言的孤寂。

陈柏青：

要我是选秀节目导师，会在小说开始第一章便把椅子转过来。《寻琴者》之后，郭强生真正为台湾文学史"强声健体"。当大家还在用视觉写生，郭强生早娴熟写声，他让我们看到一个好看，更好听的文体——强力在一种节奏，能收放，掌进退，知缓急，用故事钓你到一颗心要悬出喉咙，又怎么轻拢慢拨三两句，便能沿情感几度音阶逆势推回，再汹涌，浑若无事。那是真正的大家，很通透，一种自在。你总会想象他该有多修长好看的手指，以及未需经手指撩拨，早已千疮百孔的心。

盛浩伟：

读《寻琴者》宛如聆听一首跌宕的曲子，让人不禁忆起门罗的《快乐影子之舞》、石黑一雄的《夜曲》、托马斯·曼的《魂断威尼斯》、三岛的《金阁寺》，甚至是恩田陆的《蜜蜂与远雷》……在这中篇里，几乎与所有音乐小说、与所有探讨人性与命运之复杂的小说、与所有追求艺术与美的伟大小说，都彼此呼应着。如此具有启发，如此难得。

目 录

问世间，琴为何物？

《寻琴者》序

王德威

《寻琴者》是郭强生创作迄今最好的作品，也是近年来台湾小说难得的佳作。这部小说叙述一个声音和情感的故事，沟通两者的媒介是钢琴。故事的主人公是职业钢琴调音师，他有绝佳的音感和音准，擅于分辨每架钢琴的特色，不同环境里的变化，以及更重要的，琴音缺陷所在。调音师有如医生，望闻问切、听音辨色，然后对症下药。但他也理解，琴声的好坏是一回事，"完美"的标准却是见仁见智。弹琴者如何调动技巧，贯注深情，才是演奏成功与否的关键。

而当调音师经手喑哑走音的钢琴同时，是否有他心目中最理想的琴声？是否有自己最想弹奏的曲子？

　　郭强生创作多年，笔下的情爱故事流丽而浪漫，近年自剖家庭记忆，省思生老病死的散文，尤为动人。《寻琴者》则展现了一个更复杂却更内敛的声音，时而低回倾诉，甚至喃喃自语，时而追忆往事，一发不可收拾，时而欲言又止，尽在不言。叙事的声音主要来自调音师，但我们也仿佛听到弥漫于其他人物间种种压抑的、曲折的、沧桑的款曲，此起彼落，交织成一个多声部的人间网络。而声音的抑扬顿挫，唯琴——也唯情——是问。

　　我们至少可以从三个方面来看《寻琴者》的意涵。钢琴调音师年过四十，其貌不扬，一事无成。他因为调音工作而涉入一位女钢琴家的生活，又因为后者猝逝，而有了接近男主人的机会。调音师从而理解，遮蔽于优雅琴声下不足为外人道的曲折：老夫少妻的黄昏之恋，曾经沧海的情感考验，还有种种无偿的向往和怅惘。当逝者的往事逐渐浮现始料未及的面向，生者的心事并不如想象单纯时，调音师不禁迷惘了。原来围绕着一架史坦威或贝森朵夫，竟有这许多的"琴"外之音。

调音师自己的故事呢？这正是郭强生叙事的用心所在。调音师以鲁蛇（loser）姿态出现在客户眼前，看来胸无大志，也从不被瞧在眼里。然而他岂是池中之物？他是个"曾经"的音乐天才，只是错过了生命中的时机。从小赏识他的老师，他曾经仰慕的青年钢琴名师，他所服务的女钢琴家，都不能洞悉他才华下的阴暗面。那是他出身和阶级背景的压力，性别和情欲的牵引，以及太多不能操之于己的偶然和性格因素。

故事中的人物因琴声的吸引而有了交集，也发展出意外转折。一路读来，我们赫然明白《寻琴者》竟是如此悲伤的小说。每一个人物，甚至当年发现调音师才华的老师，其实都面临无可奈何的感情抉择，真情还是谎言，出轨还是出柜，浪漫还是现实……调音师自己更是因为一段过早摧折的"情感教育"，注定了此生的蹉跎。而郭强生的伤心之笔不仅仅于此。他处理的作曲家从舒伯特到李斯特到拉赫玛尼诺夫，演奏家从里赫特到古尔德到藤子海敏，曲终人散，谁没有令人扼腕甚至黯然的故事？

这引导我们进入《寻琴者》的第二层意义。郭强生笔下"情"与"琴"的关系不只是隐喻而已，更直指你我生命中"情"与"物"的对话。所谓"情"，不仅是痴嗔贪怨的情，也是情景与情境的情。所谓"物"，不仅是客观实象的存在，也是生命欲望流转律动的总和。情与物交互运作，形成虚实起灭的面貌。钢琴家必须先视钢琴为有情之物，才有了可以回响、共鸣的潜能。而调音师得先从失去音准的钢琴开始，"物"其声色，再恢复其内蕴的深情华彩。"与其说调音，不如说是调律才更恰当。"但要达到毕达哥拉斯的绝对和谐律，谈何容易！

于是我们来到小说核心部分。调音师还是懵懂少年时，因为老师赏识，有了向海外归来的青年钢琴家请益的机会。青年钢琴家才华洋溢，他告诉少年，每个人都有与生俱来的共鸣程式："有人在乐器中寻找，有人在歌声中寻找，也有人更幸运地，能够就在茫茫尘世间，找到了那个能够唤醒与过去、现在、未来产生共鸣的一种振动。"那种振动，我们或者叫作信任，或者叫作爱。

青年钢琴家的一席话，让少年为之痴迷不已，哪里知道这样的指导是肺腑之言，也是最艰难的指令，甚至诅咒。青年钢琴家以肉身见证自己的心声。他毕竟没有达到事业高峰，反因禁色之恋罹病去世。而少年因为对弹琴人萌生深情而不可得，从此堕入情殇的轮回，再也不能专心琴艺。青年钢琴家和少年都必须以艰难的方式理解，成不成为钢琴大师其实无关紧要。就算征服了钢琴，征服了乐迷，驯服不了自己的肉身与灵魂，也是枉然。

"问世间，情为何物，直教人生死相许？"古老的叹息在郭强生笔下有了新的寓言向度。然而《寻琴者》又不止于永恒的叹息，这带来小说最让人意外的一层意义。雇主女钢琴家过世后，调音师的工作似乎也告一段落。然而女钢琴家的先生出现，延续了本应终止的关系。先生是生意人，十足音乐门外汉，却因为种种考量留下调音师，甚至同意合作开启二手钢琴买卖行业。因为爱琴，调音师追随先生来到纽约寻访旧琴，而纽约终将每个人物的前世今生纠结在一起。

买卖二手琴的安排让《寻琴者》有了耐人深思的结局。这是一场在商言商的交易？或是爱屋及乌的恋物逻辑？或是出于旧琴难忘、咏物抒情的考量？或是还有其他……？调音师不能无惑。回顾所来之路，他感叹"七岁的孩童与二十四岁的邱老师。十七岁的少年与三十四岁的钢琴家。四十三岁的中年与六十岁的林桑""同样的间距，反复如同轮回"，这样的生命也是始料未及的吧！音乐是时间的艺术，是关乎失去与逝去的咏叹。但有没有回旋的可能？再一次的赋格尝试？或者，那只是永劫回归的又一开始？

在小说的（反）高潮，调音师与先生的"合伙"关系悬而未解。他们来到纽约郊外二手旧琴的买卖场所，赫然发现那也是座旧琴的坟场：

> 没有窗户，只有几盏幽暗的灯光，照出了一整片钢琴遗骸四处飘流的灰尘之海。上百架等待被处置的旧钢琴，有的被拆了琴箱，有的缺了音响板，有的仍被包覆在肮脏的气泡垫中……

失去琴盖的，断腿的，被清空内脏的，还有那一组组堆放的击弦系统，一束束从内脏清空出来的铜弦，如同少了血肉保护的神经挂在墙上，还会簌簌在抖动着……

面对着这座大型的钢琴坟场，我所感受到的不是惊骇或悲伤，反倒像是一头鲸鱼，终于找到了垂死同伴聚集的那座荒岛，有种相见恨晚的喜悦。

琴的废墟，情的废墟。郭强生呈现了当代中文小说最忧郁的场景之一。郭强生以往的小说强调情爱可一而不可再的纯洁度，情殇无以复加的痛苦。《夜行之子》《惑乡之人》《断代》都有这样的倾向，每每难以自拔。在《寻琴者》的尾声，他似乎提出了和解——或是解脱——的暗示。这使他的叙述增添了"一切好了"的向度，那是大悲伤之后的虚空。小说尾声，调音师造访钢琴大师里赫特故居，一处最枯寂静默的所在。遥想大师当年的琴音，此时无声之处胜有声。郭强生的小说这次显出了"年纪"。

一九八六年，郭强生出版《作伴》。少年已识愁滋味，那是他告别青春期的宣言，也是初入文坛的印记。时隔三十五年，他依然寻寻觅觅，寻找知音："只有那个频率，那个振动的层次，可以把我带进让我感觉安全，又带着一点悲伤的奇妙领域。"此琴可待成追忆，只是当时已惘然。蓦然回首，他写出《寻琴者》，他的半生缘。

寻琴者

1

起初，我们都只是灵魂，还没有肉体。当神想要把灵魂肉体化的时候，灵魂们都不愿意进入那个会病会老，而且无法自由穿越时空的形体里。于是，神想出了一个办法，让天使们开始演奏醉人的音乐。

那乐声实在太令灵魂们陶醉了，都想要听得更清楚一点。然而，能够把那音乐听得更清楚的方法，只能透过一个管道，那就是人类的耳朵。神的伎俩因此得逞了，灵魂从此有了肉体。

接下来的故事，或许应该就从林桑的耳朵听到了拉赫玛尼诺夫开始。

那钢琴声是从二楼的练琴室传来的。

林桑没有听过灵魂为了一双耳朵而失去了自由的那个故事。事实上，他刚历经了另一场的失去。

妻子过世三个月了，他好不容易打起精神，准备来处理妻生前在经营的这间音乐教室。

妻为这间音乐教室付出了那么多心血，在这个社区里也很有声誉，为什么直到临终都没有交代呢？也许是不忍心把这个继续经营的担子交给他，他想。妻知道，除非她真的开口托付，对于音乐只不过是业余欣赏者的林桑，终究还是倾向结束的吧？

这样的揣想，让林桑的愧疚稍感缓和。毕竟在认识爱米丽之前，他连小提琴与中提琴都分不清。

三个月过去了，原本已开授的班级陆续到期了，老师与学员都已接到了不再开班的通知。

过去三个月里他只进来过一次，这晚还特别挑了九点以后，算好了最后的一堂课那时候也该结束了，这样他就不必面对老师们对他的责难。即便不会真当着他的面说出口，他也害怕看到被解雇者回避、不想与他接触的尴尬。或许那是教他更无法忍受的。

第一次的婚姻维持了六年，以离婚收场。这次的婚姻更短，不过四年，短到爱米丽还没来得及把林桑调教成一个真正的古典音乐爱好者。癌症来得意外凶猛，六个月不到就把妻带走了。

他比妻的年纪大了足足二十岁，当年对于再次步入婚姻，他不是没有疑虑，担心自己有一天成为少妻的拖累，没想到最后竟是这样的结局。

琴房的门应该只是半掩，那婉转的琴声在空回的夜里显得格外清晰。

被爱米丽拖去听过不少音乐会，也包括爱米丽自己的独奏会，但是能让林桑瞬间辨识出的曲目并不多。二楼传来的钢琴声让他吃了一惊，停下了与班主任的对话，不自主仰起脸朝向了音乐的方向。

那是拉赫玛尼诺夫的《无言歌》。

这曲子他最早听到的，是爱米丽的小提琴版。

那是结婚一周年的前夕，他为她准备了一份惊喜的礼物，不是珠宝不是名牌包，而是一场由他赞助的独奏会。那时她开心极了，在自家客厅里要他坐好当听众，把预定曲目先为他奏了一回。他没什么特别感想或意见，只有到了拉赫玛尼诺夫的这首，那弦声听在耳里异常凄楚，不晓得是否因为让他想起了几年前才过世的母亲，他当下便说：太悲了吧？

果然爱米丽就很体贴地换掉了这首《无言歌》。但是偏偏那旋律从此嵌进了他的脑海，或是成了像过敏原一样的东西，感觉不时总会听见，从女高音的吟唱到大提琴的演奏，从汽车广告到电影配乐，这首曲子仿佛不停地变换成不同的形体，在他身边萦绕不休。

但是这一晚，在这个充满着人去楼空之感的屋里听到的钢琴版，不知为何，不但没让他感觉沉疴，反倒有一种失重的空茫。

"怎么会有人在这时候弹琴？"他问班主任。

脸圆圆有点矮胖的女士从林桑进门开始，便努力想在自己天生喜气的那张脸上能挤出一些愁容，总算因为岔题的这句问话，让她有了松一口气的感觉。

"喔，那是我们的调音师。"

"没有通知调音师，以后不用来了吗？"

"有，但是他说，在这些钢琴移走之前，他还是愿意义务性来帮忙。"

林桑未置可否，微蹙了蹙眉头。

（老天，还有那几架钢琴不知该怎么处理……）

班主任继续说："这个调音师自己也有在弹琴，但是问他要不要来开班，他都说不要。有时候我们会让他免费用我们的练琴室。"

"调音费用是怎么算？"

"一个小时一千五。"

比起担任钢琴老师来，还真是寒酸啊！生意人出身的林桑，直觉反应地比较了一下两者的收入。

没有自己的钢琴，也不愿意教琴，情愿当一个调音师傅，这在林桑听来有点不合情理。

"弹得还不错嘛……"

完全是出自他直觉的判断，毕竟是在自己的地盘，就算说错了也没有失言的负担。

"陈老师也是这样说的。"

在这里，爱米丽从来都是"陈老师"。林桑始终是陈老师背后的那个男人，那个几乎像父亲一样的男人。员工们叫他"林先生"，唤爱米丽"陈老师"，好像对于他们的夫妻关系一直不那么确定似的。

他循着琴音的方向慢慢爬上了楼梯。

确实是跟印象中的其他版本不同，多了一种梦境般的柔美，像是事过境迁后的记忆又被唤醒。

（迟早这些旋律也将会从我的生活里消失吧……）

站在楼梯口，朝唯一有灯光的那间练琴室望过去，半掩的门后，坐在直立钢琴前的背影，是一个戴着棒球帽的男子。

林桑立刻认出了那台直立式贝森朵夫。

主修小提琴的爱米丽，真正屏气凝神坐在钢琴前的时候并不多，到头来，家中的史坦威，经常都是伴奏与她排练时在使用。

从小就学琴，中学阶段都还是双主修，林桑问过她为什么后来改成了小提琴，她半开玩笑给了这样一个理由：做钢琴演奏家大概这辈子没希望了，也许可以考进哪个交响乐团里当小提琴手混饭吃。

林桑不想再追问。猜想她那时候大概曾想过留在国外的。在国外的时候她也许曾有一个洋人男友。那年爱米丽也三十六了，应该清楚若再不嫁，未来机会只会更渺茫。

婚后，他为爱米丽购买了全新的平台式史坦威，这架她从小一直弹到婚前，原本就是二手的贝森朵夫就被移到了这里。当年，身边的朋友来家中看到了新钢琴，无不称赞他的疼妻不手软。

心疼当然还是有一点，毕竟林桑算是白手起家的生意人，遇到七〇年代经济大好，没想到卖个塑胶凉椅也能打造出属于他的外销王国。Made in Taiwan。他这一代的中小企业都是这样爬起来的，卖各种家庭五金，各色电子器材，但是他们可造不出可以外销的汽车，或者，钢琴。

被妥善调音保养的钢琴没有年龄的问题，它的音色可以在五十年后仍如出厂时那样完美，甚至更佳。如果，它能被一双既有力又灵巧的魔术手指经年弹奏的话。

听着从那架贝森朵夫上流泻出的音符，仍如一颗颗磨亮的琉璃般清澈，他突然有种哑然失笑的感觉。

家中的那台史坦威，本应该保持在摄氏二十度的理想温度，以及百分之四十二的理想湿度，但是过去这大半年，这些对钢琴应有的关照早就荒废多时。

原本形同被流放的旧钢琴，却在这里被悉心地保养着；反倒是家中客厅里那架平台史坦威，在早已蒙尘的琴盖下，那些键与弦肯定都钝哑变形了。这样的反讽，被林桑在心中痛苦地刍咀着，逼出了一种带着铁锈味的酸。

（我又只剩自己一个人了，而且还是一个年逾六十岁的老人……）

他想起儿时家中的那一架老山叶。

妹妹从小被要求练琴，在父亲那一辈老医生的社交圈里，女儿会弹几曲钢琴是为日后出阁所做的准备，带过去的嫁妆里有一架钢琴才显得是有教养的人家。他的父母没看出来妹妹不是音乐那块料，高中考了三年都落榜，就被早早送去了日本。他有时也会想起，头上系着蝴蝶结的妹妹一遍遍练习着舒伯特的背影。为什么没有送他一起跟妹妹去学钢琴呢？重男轻女的父母对儿子的期望是建中，是台大机械系。他没教他们失望。

不是没有暗自怀疑过，与爱米丽的婚姻，是不是在某种程度上，弥补了他与音乐无缘的遗憾？明知道那架二手的贝森朵夫仍堪用，但还是觉得音乐家的屋里，应该有一架平台式而非直立式的钢琴。现在想来，或许不完全是为了爱米丽，也是为了他自己都不甚明了的一种虚荣……

拉赫玛尼诺夫把林桑带进了短暂的记忆迷乱。

在最后一个音符的余音中，演奏者的一双手如腾着无形的云轻轻起飞，在空气中划过一个弧，最后落在膝头上。

林桑在门外默默注视着那人收尾的动作。

这应该是他第一次注意到我的存在。

日后，在我们常去的那家小酒馆里，有一回林桑向我透露，他觉得有些乐器似乎特别适合女性的体态，例如长笛和竖琴。

林桑喜欢女性拉小提琴时的亭亭玉立，胜过一个彪形大汉浑身是劲，歪着头像随时会轧碎肩上乐器的模样。大提琴对女性来说，那张腿的架势在他看来总有些不雅。

林桑甚至暗自以为，钢琴的外形是更符合男性的，尤其是平台式的钢琴，似乎总该有一双大掌与宽肩长臂才能驾驭得了。

终于意识到门外有人，我急速转过头。

"不好意思——"

虽然我已在这家音乐教室进出了一年多，有几次离去时还正巧碰到他开车送爱米丽到门口，这却是第一次我与他有机会近距离地接触。

在驾驶盘后的那张脸，配上满头已近银白的发，总给人一种严肃冷漠的感觉。让我讶异的是，从法拉利里走出来的他，站在面前竟然高出我半个头。面对这个刚丧偶的男人，我尽量克制着自己的眼神，不流露出过多欲说还休的同情。

　　"谢谢你。听班主任说，这些琴都是你在帮忙保养。"

　　"我也是因为之前的师傅要退休了，去年才接手他的一些 case。"

　　两人接下来陷入无语的沉默。直到我背起了帆布袋，从门边又转过身，开口问道：

　　"林先生，您家里的那台史坦威，都还好吗？"

2

　　传说在西元前五百三十年，希腊数学家毕达哥拉斯某天偶然经过一个打铁铺，被打铁敲击的声音吸引。他发现有时那声音丑陋刺耳，有时却又意外地优美和谐。走进铺子里研究，发现原来是跟每个铁槌的重量有关，不同的敲击重量会制造出不同的声音。

　　如果两支铁槌的重量比例恰好是二比一、三比二或是四比三时，同时敲出的声音就会创造出悦耳的和声。这比例就建立了键盘乐器调音的基础。

两个和谐的音，原来是由于撞击力道间的比例所形成的共振。

　　灵魂们好不容易拥有了耳朵，但是最终让祂们感动的究竟是什么呢？

　　不过像是朝着平静的湖水中扔进一颗石子所引起的分子振动？还是说，根本不需要这个肉体也可以感受到的，某种已经存在宇宙间的频率？

　　钢琴的每根弦，平均有一百六十磅的张力，也就是说，一架钢琴所有的弦加起来，共承受了二十吨的重量。

　　钢琴发出的音色是如此悠扬，但钢琴的本身却总是承受着巨大拉力的痛苦。调音师与演奏家的差别，或许就在于对这个物理事实的不同感受上。

　　一个优秀的调音师是不用机器调音的，他只能相信自己的耳朵。那是一种难得的天赋。机器凭借的平均律，十二个半音被平均分配在八度中，所以每个音其实都低了十二分之一个半音。

　　所以，这世界上没有一架钢琴具备绝对的音准，演奏者只能弹奏着由调音师所修正出来的音键。

不曾拥有过自己的钢琴，借着到处调音的机会弹别人家的琴，几乎已成为我多年来练琴的方式。

不止一次，当客户听见我在他们钢琴上弹出了出乎意料的水准时，都面露欲言又止的困惑。

我可以猜测出他们可能的念头：怎么就这么自甘堕落，安于当一个调音师傅呢？或者，他们更急于想知道的是，我是否曾拜于某个名师门下？

他们不懂得的是，要成为一个优秀的调音师并不是一件容易的事。多少成名的演奏家们都会共同指名同一位调音师，炙手可热的调音师比演奏者更缺货，这是世人都忽略的真相。

想要开演奏会的人如过江之鲫，只要有那个胆，谁都可以上台。但是一个调音师不仅要懂得钢琴，也要熟悉每位钢琴家每次演奏会上不同的曲目，更不用说，他还要能摸透他们每位的曲风，以及对每一首曲子不同的诠释风格。

要成为心目中那样的调音师，持续地练琴自是必要的。

　　当然，能成为那样等级的调音师仍只是梦想。

　　但是宁愿放弃待遇较好的教琴工作，选择成为旁人认定更像是劳动者而非艺术家的调音师，实在是因为我没法面对那些家长。只为了继续赚取费用，而必须对他们毫无天分的孩子说出夸赞与鼓励的话，我做不到。

　　我更担心的是，那种只能算敲打的拙劣琴声会破坏了我耳朵的敏锐，甚至造成无法弥补的身心伤害。

　　拥有一架史坦威，照理来说，公司专属的技师可以提供素质可靠的调音与整音服务。但是爱米丽始终对钢琴的音色不满意。

　　自女主人生病后，就不曾再抚摸过这架史坦威的我，边说边打开琴盖观察着琴槌的状况，旋即发出了痛心的叹息："太潮湿了……"

　　技师无法理解她的需求，他们听不懂她说的击弦系统太吵，高音部薄弱，低音部缺乏应有的饱满共鸣……这些问题出在哪里，或是，她形容她所希望的油脂音色又是何物。

我们是世界上最好的钢琴品牌，他们最后都只能用这样的方式回答，并反问她：当初买的时候，都没有发现这些问题吗？

最后爱米丽只能抱着姑且一试的心态，让一个才入行没多久，在她的音乐教室里调音的新手来为家中的名琴看诊。

"结果你帮她找出了问题？"

看着我打开工具箱，林桑一边听着我的解释，一边流露出半信半疑的表情，似乎正努力想象着爱米丽曾经为了这架钢琴，饱受无助沮丧甚至愤怒情绪之苦。

"与其说调音，不如说是调律才更恰当。"

我继续解释，为什么之前技师只用平均律或纯律来调音是不够的，有时也要凭耳朵听到的泛音，毕竟在琴键上弹出的是和弦，单音音准因为振动频率的关系，最后总会有几个音会出现冲突……

林桑试图集中精神，但就算想要理解，这些术语对他而言也太复杂了。更何况睡眠不足已经持续了好几个礼拜，比起上次在音乐教室照面时，他看来又更憔悴了些。

　　尽管他知道，妻子从来都是一个容易紧张焦虑的人，然而外人见到的她，却总是面带甜美优雅的微笑。但是林桑从没有听爱米丽跟他抱怨过钢琴的问题。直到这天他才知道，与爱米丽之间竟然还有这桩被隐匿的情节。

　　那些生活里的隐藏到底没来得及被一一揭开，这场婚姻却已经画下句点。原来，这架史坦威曾经对她来说，是这么的不完美，没有她所渴望的那种音色。

　　"可是爱米……我太太她，怎么会没发现是这个原因呢？"

　　我注意到，他正偷偷忍住一个到了嘴边的呵欠。

　　"演奏乐器的人，许多并不真的了解乐器。"

　　音乐家追求的完美是那么抽象又偏执，最后却得在一具纯然根据物理学所打造出的机械装置上实现，这是音乐家经常忽略的事实，我说。

　　林桑没有继续追问。

　　或许，这个回答让他觉得，仿佛我们正在讨论的不是钢琴，而是对他下半场人生的某种提示。

看着他郁郁寡欢的表情，我仿佛听见他在喃喃自问，竟然被一个陌生人看到了他生命里一再重复的无知？怎么可能？

与爱米丽交往的初期，他同时还有另外几个女人。

一个是在安和路开日式居酒屋的老板娘，在离婚后不久，某晚他偶然走进了店里，算来两人的交情已经超过十年。两人偶尔都有低潮寂寞的时候，图个方便就当是彼此的救火器。另一个在某大金融集团担任公关，接近他并非没有其他目的，这点他很清楚。

再来，就是那位小有名气的室内设计师。

林桑在母逝后，冲动的本性让他突然决定住回从小长大的那间一半是诊所、一半是自宅的老平房，请来了设计师碧亚翠丝黄（别问我为什么这些女人都爱用英文名）彻底将老屋重新翻新，成了一座颇具后现代怀旧风的雅舍，还登上了建筑设计杂志封面。林桑为碧亚翠丝黄在新居中举行庆功，究竟那算不算示爱的一种并不重要，重要的是，林桑一开始曾经表明了自己不会再婚。也许林桑自己并不会承认，他与爱米丽认识半年不到就步入礼堂，多少也跟不知道要如何摆脱与碧亚翠丝黄这一段有关。

　　就像演奏家从来不懂他的钢琴，往往过度投射了自己的情感，忘记了它只是一台由重量撞击所操控的机器，并无任何深奥的原理。

　　而凡夫俗子所犯的错误则是，他们从不明白人心有多么复杂难测，以为世间总有现成的一套琴谱，教他们如何拨奏彼此。

　　林桑一直看不清的是，伴随着每一段感情，就有一群陌生人挤进了他的生活，他就被另一半拖进了她们的社交。跟碧亚翠丝黄在一起的时候，他身边都是一堆搞设计建筑的。与爱米丽婚后，他才知道音乐家们并不是深居简出的一群，他们有忙不完的应酬，不停地在出席各种演奏会与开幕酒会。

　　他其实没有太多自己的朋友。

　　尤其在婚后遇上了金融大海啸，他毅然结束了三十年的公司，以为终于可以过起那种品味高级的退休生活，以为自己可以成为一位成功小提琴家背后的那个推手，到头来只是陷入了自己都不解的寂寞。

初识爱米丽那晚，他与几个客户在一间米其林等级的法式餐厅应酬，用餐时段过后是店家特别安排的品酒节，献上由苏格兰刚空运而来的限量窖藏威士忌，现场并且邀请了一个四人室内弦乐演奏助兴。

爱米丽是四人当中唯一的女性，穿着小露香肩的黑色长礼服，一头秀发挽成了一个高雅的公主髻。客户中有人当下就说："挺漂亮的，待会儿请她过来喝杯酒吧！"

林桑很为难，当然觉得这样的心态很可耻，把人家当成了什么？这么多年在商场上打滚，他还是没能完全洗脱从小医生父亲对他的家教森严，虽然无形中他也继承了父亲某种的大男人主义，但是对女性轻薄，或流连花街柳巷这样的事，他向来是不屑的。

或许也是出于自信的缘故。一八三的身高，浓眉高鼻，年过半百后仍得老天厚爱，给了他闪闪银白的一头卷发，走到哪里都还是个显眼的人物。

目光投向演奏得出神，双眼微阖的爱米丽，有那么一瞬间，或许，他想起了那个在日本甚少联系的妹妹。或许眼前的女子，正是父亲心中对妹妹的期望吧？偏偏那位大客户得罪不起，林桑挣扎了半天，最后还是偷偷起身找到了餐厅经理，提出了这个令人感到羞耻的要求："没别的意思，觉得她挺有才华的……"自己都觉得是越描越黑。

经理或许早见识过这样的场面了，笑嘻嘻给了解方："让小姐一个人过去坐总不好……林董，要不，这样好不好？我在您旁边开一桌，就说是请四位音乐家的。看您是要开一瓶皇家礼炮还是——？"

爱米丽跟其他三个男子过来一起敬酒，与林桑四目相对，仿佛知道，他不会让她难堪，他是她这一国的。林桑的大男人性格果真蠢动起来，也顾不得什么客户了，拉过邻桌的椅子就唤她过去坐他身边。

不得不说，灵魂的频率振动真有这回事，爱米丽一双习乐多年的耳朵不会没听到，当下这两个灵魂振动所发出的声音。

但是她听不到自己的演奏，听不出钢琴的音准哪里出了问题。

她以为林桑成为她的避风港后，她终于可以展开梦寐以求的演奏家生涯。从小音乐资优班，又在国外拿到了音乐硕士，但是她仍然只能在几间大学的音乐系里当兼任讲师，还是得加入同事们邀她共组的弦乐四重奏。

如果林桑能多一点音乐的鉴赏力，他应该就会听见我所听见的。

那种内在基音的混乱，与自己灵魂频率的不协调。

我结束了工作，开始收拾工具。

秋日午后的阳光斜斜射进了落地窗，窗外是一棵枝干劲道的老梧桐。在市区里能拥有占地如此广阔的庭院，没有几个人能办得到。也许是调音时的专注，也许是光线的温度，让我全身被一层浅浅的汗湿附着。我不自觉便摘下了头上的棒球帽透透气。

"我以为……"

林桑话说一半，面露尴尬。

"什么？"

他说，我戴着棒球帽的样子，让他误以为我是个二十几岁的小伙子。

不，我已经四十几了，我说。

我已秃的额顶骗不了人，不是每个人都像他一样得天独厚，六十多岁还能拥有漂亮的一头银白。我的大量落发从三十岁就已经开始。我想象着自己在他眼中的那副德性。秃头之外，还有一对招风耳，外加一张脸满是青春期时遭面疱肆虐过所遗留下的坑疤。

我知道，倘若不是自己如此不起眼的外表，对于妻子的调音师在他毫无所悉的情况下早已出入过此地多回，他出于雄性本能，肯定早已在心里对我打上了一个问号。

林桑掏出了皮夹，我说不用，就当是最后一次服务，我很感谢"陈老师"这么信任我，这是我仅能回报的了。

3

相信任何人读到这里，对于林桑这号人物，应该都远比对我要来得更感兴趣，对吧？

我是有自知之明的。我并非这个故事的主角。若非这一点小小的智慧，我的人生难保不会比现在更一文不值。

话虽如此，作为故事的叙述者，我发现这工作与担任钢琴调音两者之间，还颇有些类似之处。

一首不朽的乐章能够穿透灵魂，大家记得的是作曲家的才华洋溢,演奏家的出类拔萃,没有人会想到调音师所扮演的角色。事实上调音师也都懂得分寸,早已习惯退居幕后。

一场成功的演出,不能没有准确的音律与和谐的音色;一个故事能够吸引人,也需要一个懂得节制的叙述者,帮忙裁剪掉芜蔓的琐碎细节,调整好焦距与字句间的节奏,并且不加油添醋,或一厢情愿地想给故事安排一个自以为讨喜的结局。

即便多年来已习惯自我隐藏,但我懂得凡事都有专业的基本要求。演奏家若是对于某次演出不满意,调音师一定难逃被检讨责难的下场。如果一个故事无法取悦或取信于读者,我想,叙述者势必也得负起一定的责任。

因此,完全舍弃第一人称,或完全不接受任何质疑或批评,也许不是一个尽职的叙述者该有的表现。我想,我还是得某种程度做一点自我交代才行。

事实上,我是一个音乐天才。

我极力想要隐藏的这个秘密,结果还是不得不在这里公开。

会成为秘密，不是因为我一开始就决定要刻意隐瞒，而是因为后来再无人关心或是提起，于是才演变成了到今天只有我还记得，却再也不想对人解释的一段往事。

曾经，我的天才不但不是一个秘密，在我所就读的小学里还是一件被盛传的新闻。只是随着年代久远，没有人再记得这件事。

小学二年级的我在某次音乐课下课后，当其他小朋友都一哄而散，我却走到了钢琴边，顺手弹出了老师刚刚上课时教唱的歌曲。

从外面走进来准备下堂课的老师惊呆了，小小年纪的我按出的不是单音旋律，而是和弦。

没多久他们便发现了我少见的敏感耳朵，与超乎同龄的记谱能力。

还有就是，我的一双触键有力的手掌，也似乎比其他孩子生得宽长。我具备了所有音乐神童天生的充分条件，除了我的家庭。

我的父母对来家庭访问的老师嗤之以鼻：弹琴能弹出什么名堂？打仗的时候就会跑得比子弹快吗？

在八二三炮战中瞎了一只眼的父亲，退伍后带着在金门成亲的当地姑娘，落脚在台北如今已拆掉的那一大片违章建筑区，开了一间饺子店养活着五个子女。在他的想法里，三个男孩时候一到都得去念军校，两个女儿看自己造化，能念书的，只有公费师专一条路，不会念书的，养到十七岁就嫁掉省心。

我的天才非但没让我的父亲感到半点骄傲，反而像是在他生命中埋下了随时可能引爆的、他终将遭到逆子背叛的威胁，父子间一触即发的隐隐暴力与紧张始终存在。

我没有读过一天音乐班。

一路上总有那些好心的老师，看到我的处境而自愿义务教学。直到今天我仍然能够靠着脑子里的音符，在桌面上虚拟出一排黑键白键，练出任何乐谱的指法。这对我来说并非困难的事。

在懵懂的童年，对于自己这份无法解释的天赋，我从来没有太特别的想法，就好像骑脚踏车或吹口哨，一开始我以为，这是每个小朋友都学得会的把戏。

在家里，因为父亲不知道要如何面对我这个怪胎，一看到我窝在饺子店的角落，手指像癫痫发作似的在空气中跃动的景象，他就一把无名火上烧。

在学校里，老师不收我分文在放学后帮我上钢琴课也惹来侧目。原来其他的小朋友学钢琴是要花钱的？我竟然对此都后知后觉。

看着家长拖着小朋友开始四处拜师，准备上初中后能考进竞争激烈的音乐班，我起初也是不明所以，以为弹钢琴不过是属于自己私密的娱乐时光，为的就是那种奇妙的共鸣乐趣，为什么要成为一场分数的厮杀呢？

渐渐地，我变成了一个越来越安静的孩子。

小学毕业前夕，音乐老师带我去听了一场钢琴独奏会。演出的音乐家曾得过肖邦国际钢琴大赛的冠军，一个二十岁出头，和我一样黄皮肤黑头发的大男孩。

生于越南河内，本来也是个出身穷苦的孩子，老师是这么告诉我的。结果遇到了名师把他送进莫斯科音乐学院，终于几年后一举成名。

这样近乎传奇的故事，当时并未在我心中激起任何的羡慕或向往，因为不论是河内还是莫斯科，对我来说仍是太抽象飘忽了。印象最深的只有，我感觉从男孩指尖下，仿佛不断有珠宝般的光芒四射迸出。那是生平第一次，我因为某人现场的演奏而流下了眼泪。

音乐会结束，老师带我去当年还在敦化北路上的"福乐"吃了一客冰淇淋圣代。我一直记得那个下午，邱老师那一头长发在阳光下发出的柔光，让我想到演奏会舞台上那台又黑又亮的大钢琴。

邱老师看到我吃得开心，嘴角沾满了奶油泡沫，便拿出她的小手绢帮我擦拭。同时我听见她仿佛自语般，喃喃了一句我至今忘不掉的话。

唉，其实还是个孩子啊，她说。

那一年我已经能够弹出贝多芬的《月光奏鸣曲》。

吃完了冰淇淋，我们在笔直宽阔的敦化路人行道上慢慢踱着，跑在前面追蜻蜓的我突然被老师叫住。

不要放弃继续弹钢琴，跟老师打钩钩，好不好？

当下并不知道，自己许下的是一个如何沉重的承诺。那一声带着疼爱的叹息，多年后回想起来，决定了我人生的下一步。

老师自掏腰包，拜托她的大学老师收我为门下。可是她大概无法想象，除了音乐之外其他学科成绩普遍不佳的我，进了初中放牛班之后过的是什么样的生活。

我不幸成为班上那一群永远精力无从发泄的野兽挑中的霸凌对象。每到下课钟响我只能忧心着，接下来的十分钟应该何处藏身才不会被他们拦堵。瘦竹竿似的我，那些年里还加上满脸青春痘把我弄得不成人样。我最怕的事情之一就是被他们发现，放学后我竟然还装气质跑去弹什么娘娘腔的钢琴。

对才十四岁的我而言，光是要躲开这些骚扰便已让我甚感疲惫。更不用说，每天耳朵中充斥的厨房剁猪肉声，点餐算账时的客人喧哗，同学荷尔蒙过盛的恶作剧，满街此起彼落的引擎声喇叭声……我只是疲累地想在这样的世界里找到一个安静的所在，戴上我的耳机，希望将这一切令人不耐的沉闷推远。推得更远一点，最好能再更远、更远一点……

那个看起来风度翩翩的教授不时会向门生们收取额外费用，在他位于阳明山的自家客厅，举办那种装模作样的钢琴茶会活动。缴费的同学当天就可以成为主角，为来宾献上几段独奏。

为什么出席的家长们看起来会比要上台的学生还更紧张？我后来才明白，教授总在暗示那些家长们，要懂得及早开始为他们的孩子打点好关系，举办这些茶会是必要的投资，他一定会邀请"重要人士"到场，给一些"宝贵意见"。

我叫不出来任何一个重要名字，只记得他们对每个演奏者都赞不绝口，没有哪一个将来成不了古典音乐界的下一颗明日之星。只有不识时务的我，会因为演奏的平淡无奇，不小心打了一个呵欠，或是在路过他们身旁时，不小心听见那些虚伪的溢美之词，忍不住扑哧一笑。

缴不出钱又态度不佳，让我成为学员中的害群之马。我甚至不能告诉邱老师这些被我发现的可笑内幕。

她也曾历经过同样的入门仪式吗？如果我说出了心中对这些人的鄙视，会不会也是对邱老师的一种嘲讽与伤害？她也曾有过扬名国际，登上肖邦钢琴大赛舞台的梦想吗？

同时我却也感觉到如释重负。

终于知道，自己根本不属于那个世界。

4

让我们走进一座森林，然后在壮茂的林群中挑选出其中一棵，再由伐木工人将它砍下，送进木材厂。

接着，设计师开始为它规划音箱与音响板，木匠与锻冶师傅开始动工。一根弦接一根弦，一个螺丝接一个螺丝，击弦系统有了，饰着涡旋花纹的琴身有了，然后是调音师出现，为它做最后的整音。

一架钢琴于焉成形。

或许有人并不同意钢琴只是一个机械式物件的说法，认为从伐木工到最后的搬运工，在这样繁复又精细的流程中，每一个参与者都赋予了一架钢琴它所独有的灵性。因为他们都知道，这不是一辆汽车或一台电视，汽车或电视不会带着某种既神秘又神圣的光辉。

但，即使有光，仍无法改变世上的每一架钢琴都有音差的事实。然而大多数的人并不知道，仍继续相信他们听见的每个音符都是标准且完美的。这就是文明的力量。

说穿了，人类也是另一项天生就不完美的物件而已。我们不也同样是用灵魂与神圣、爱与美……这些抽象的字眼去包装它？

文明不总是在训练我们，对许多事物根深蒂固地崇敬就好，不容再怀疑？

引我入行的调音老师傅曾告诉我，钢琴、演奏者、调音师三者之间的关系，就像是一个婚姻咨商师与一对夫妻。

当一个神经质的演奏者，与一架不完美的钢琴被送作堆之后，身为调音师的重责大任就是要帮他们勾勒出，他们在一起之后可能达成的幸福想象。

重点是，调音师自身不必是完美的，只要他有一双耳朵，能够听得出两个都有缺陷的东西所发出的振动，那就够了。

如果你问我，为什么后来我会努力学习想成为一个调音师，而不是致力追求演奏上的更上层楼，也许这就是答案。

找人来为史坦威完成调音保养后的那个晚上，林桑意外地一夜沉眠。几个礼拜以来的疲惫，在次日清晨也似乎缓减不少。

啜着咖啡，对着客厅里的钢琴凝视了半晌，他渐渐想起了前一晚的那个梦。梦里爱米丽穿着初相见时那袭露肩小礼服，站在钢琴旁演奏着小提琴。画面是无声的，她脸上的表情也是模糊的，越是想要看清，越是看不真切。

梦里的视线开始移动，发现钢琴伴奏不是与爱米丽搭档多年的那个女子，而且这个陌生人的形体面貌仿佛一直在改变中。直到爱米丽停下弓弦，微笑着要为他介绍，他再次望向钢琴前的人影，不知何时已变成了一个戴着棒球帽的男子。

林桑相信或许这是某种暗示，音乐教室不能就这样结束。

他想到了调音师昨天离去前与他最后的谈话。

林先生，如果音乐教室的那架贝森朵夫要转售，能够让我知道吗？

你有兴趣买下它？

不，我没有那样的能力。我只是希望，嗯，如果知道它接下来的落脚处，也许，我就能继续担任它的调音师。

（竟然跟一架钢琴有了感情啊！……）

林桑似乎很能够理解对方的心情。

毕竟是生意人出身，对音乐教室的处置他有几个腹案，只是一直拿不定主意。能够有人愿意接手那是最好。但是看着爱米丽的心血最后换上了别人的招牌，又让他觉得深有罪恶感。租约还有一年到期，如果改弦易辙，一时也想不出那个地点适合其他什么营业项目。

但是调音师的心愿提醒了他一件事。

真要出清整个空间，其他那几台山叶当成二手转售也就罢了，但是那台贝森朵夫？那是爱米丽整个音乐生涯的见证。

史坦威与她作伴不到五年，那台老琴可是陪了她近三十年。但是他如何能够同时照顾两架钢琴？父母留给他的这座老房子，不可能腾出空间再放置另一架钢琴了。

然而，就在重新斟酌着这些腹案时，林桑不免陷入了另一个忧郁的旋涡。

（所以说，我就要这样继续一个人下去了？）

他环顾着屋内景象，想象着两架钢琴同时挤进这个空间里会是什么样的画面。从此被这两架琴挡住所有出路进退不得，那会是什么样的人生？

班级都已告停，只剩下班主任与会计白天会来上班清点与做账，天黑之后的音乐教室变得阒寂空荡。

他却开始习惯在夜里来音乐教室独坐。尤其是坐在那台贝森朵夫之前。

　　自从调音师告诉他，关于妻子生前对家中那台史坦威近乎神经质的要求，之后的几天，他对那台钢琴慢慢产生了异样的感觉。

　　（为什么从未听她提起过呢？）

　　他努力想从记忆里找寻爱米丽坐在钢琴前的样子，却仅有新婚初期她还有教学生时，跟学生合奏时的一些片段。那些学生们不知后来的发展如何了，恐怕也都不知道他们的老师已过世了。

　　家中原本的贝森朵夫换成了史坦威后，爱米丽反而说，不想再收学生了。他当然支持她的决定，并鼓励她专注在自己的演奏上。

　　接下来便是兴冲冲地筹备她的独奏会。在报章媒体从没有固定专业乐评的情况下，她的演出也没有激起太多回响。四成的票都是送出去的，另外四成都是靠他生意上多年的老关系包下的，另外那两成自己购票的观众究竟都是什么样的人，林桑一直觉得好奇。

完全不相识的人，只因看到了张贴的海报？还是一些始终只是站在远方默默关注的旧识？

如果，他们后来没有在一起，某日只是很偶然地发现了爱米丽的演奏会讯息，他会是那个悄悄买票进场的人吗？

跟爱米丽一起去听过无数的音乐会，从国际大师到名不见经传的学生之辈都有。如果演奏者是后者，现场无非就是亲友团满场飞，然后他会偷听到前后左右婆婆妈妈们的八卦，谁谁谁的儿子去了欧洲，谁谁谁的女儿嫁了谁谁谁的儿子，却绝对避而不谈当天的演奏者，仿佛这样才能淡化了不得不来捧场的尴尬。

若换作是赫赫名家的演奏会，则又是另一种台北奇观，现场必然冠盖云集，仿佛只要出席了就是与国际接轨，立刻也与大师沾亲带故了。自认有点身份地位的，都不会想错过这样另类的家族聚会。

林桑自知他不过就是个生意人，个性又不是顶随和，演出熄灯前永远只是静静坐在位子上，让爱米丽一个人去与那些有头有脸的人打招呼。

他不是不晓得，其实婚前对爱米丽的过去了解并不深。

毕竟自己比她大了二十岁，他以为就算不清楚又如何，以他在社会打滚这么多年的阅历，哪有什么不得了的事，非得水落石出才能教他安心？人生不过就是且战且走。再加上他成长过程里，学音乐几乎就等同于某种家教保证，能够去美国拿到艺术学位的爱米丽，相较于他原本生活圈里能碰得到的异性，相对是单纯多了。

身边的女人没有哪个对他是毫无所求的。

爱米丽也不例外。否则一开始她也不会有这闲情，出来跟一个大她二十岁的老男人吃饭，不是吗？若没有供与求，人跟人之间又哪有真正的关系可言？

碧亚翠丝黄其实什么都不缺，除了一个只存在于她浪漫想象中的男人。他的前妻当年与他是同校外文系的高才生，之后没有他的这些年，在美国网路产业干得有声有色，一切都很顺利（喔，除了他们那个满口脏话浑身刺青的儿子），她可能比他还更不适合婚姻的牵绊。女权主义者也好，大男人沙文也罢，都无关对错，也许有人需要的正是另一半具有这样的特质。

爱米丽怎会不知道，在看似跋扈冲动的行事风格背后，他其实是一个慷慨但寂寞的人？

力不从心，指的未必是那方面的体力问题。多一个人就是多一份牵挂。牵挂本身就是一件费力的事。

为何以前从没这样的感觉呢？

他并不觉得后悔，只是内疚。

事后回想起来，或许正是因为她不同于其他世俗性格明显的女人，他反倒并不那么容易猜出她的心思。

端坐在贝森朵夫前的林桑，挥之不去的只有一个念头：真正了解婚前的妻子有过哪些喜怒哀乐的，应该只有这架钢琴了。

从儿时的舒曼到青春期的贝多芬，从出国前到回国后，从双主修到小提琴，从学生变老师……

在她即将成为人妻的前夕，她曾在它的琴键上留言吗？

放弃成为钢琴演奏家，对她来说曾经是困难的吗？

之后，在音乐教室还未转型的那段空窗期，林桑不时会传简讯问我：想要过来弹琴吗？随时欢迎。

遇上我回去音乐教室练琴，林桑总会拉着椅子坐在一旁。倒不见得是在欣赏，比较像是，那琴声带给了他某种疗愈。

可以想象，他一个人每天待在那屋子里面对着那台史坦威，久了难免会有幻觉。所以当他告诉我，有时仿佛会听见它发出声音时，我并不讶异。

他就像是一台旧钢琴。他或许自己都没发觉。

或许那就是他为什么总会觉得听到钢琴声的原因。没人弹奏的钢琴，是他不愿承认的自我投射。

有时在音乐教室锁门后，我们会去他熟悉的那间啤酒馆坐坐。

换了场景，林桑的心情也似乎放松些，话也开始慢慢多了起来。他说，这家小酒馆开了快二十年了，很怕它维持不下去，所以一定要常来捧场。

都是自己来吗？我问，想象他减了二十岁后会是什么模样。

那时候我刚离婚，有几个酒友大家一起鬼混了好多年，直到我认识了爱米丽，两个人决定在一起。

他口中那几位酒友，都是他事业刚起步时认识的前辈。早年跟这群前辈来往，多少有助于自己的事业。股市的大户，银行的总经理，军火贩子，媒体的老板，都是不论政党怎么轮替，依然能够安然无事的红顶商人之流。

这群人彼此间的交情深浅，林桑始终没搞清楚，被邀请加入他们的聚会一开始令林桑觉得莫大荣幸。结果发现，也不过就是整晚言不及义，或者根本都在各说各话，只要话题一冷场就添酒举杯："干！"哪次聚会不是如此？身为后辈的他都只能耐着性子陪到底。

在这几位大哥眼中，当年的林桑既是一个商场上值得结盟的后起之秀，也是一个喝酒时的好听众。更重要的是，年纪小他们一轮的林桑，总会很有责任感地把一群喝得东倒西歪的老家伙送回家。

爱米丽不喜欢他们？

也不是——他斟酌着，好像心里的念头会烫舌：

女人有闺密，但是男人好像没那种的朋友，散了就散了，并不会舍不得，不是吗？你有听过一个男人对另一个男人说，我好想你喔？哈哈哈。

我不知道那个笑点是什么。没读过白居易的《与元微之书》吗？当时话到嘴边又忍了回去。很有可能，我后来在他面前总是欲言又止的习惯，就是在那一刻里被设定的。

为什么不约老朋友们出来聚聚呢？

他说，那些人只适合大伙儿都意气风发的当年聚在一块儿，不是像现在这种时候。

现在的林桑，比起前辈们当年的岁数犹有过之。曾几何时，聚会地点就已不再是啤酒馆或酒店，而是改在某家台菜餐厅的包厢。这群已经年近八十的老人，还是一样谁也不服谁。会这么说，是因为爱米丽满七结束后，他曾把大伙儿又约在一起，算是宣告自己打算重新振作的开始。距离上次见面，约莫也有两年了，大家照例先互问彼此的近况。轮到了林桑，简单几句话竟被他说得支离破碎：爱米丽，胰脏癌。半年前发现的，她走了之后我现在……

林桑说不下去了。

本以为老大哥们会说两句安慰开导的话，却发现他们并无明显的反应，好像他不过跟大家说的是刚刚路上塞车，还是哪里又新开了家不错的餐厅。老人们继续七嘴八舌聊着之前与邻座被打断的话题。

林桑才想到，死亡对他们来说不是什么新鲜事了。也许，他们根本不记得爱米丽是谁。他们的婚姻太短了。有哪几位老先生有出席他的婚礼，他自己都没有印象了。

不知道自己究竟期待的是什么。不就是因为从来都可以不聊心事，纯粹扯淡，所以才选择跟这些老男人吃这顿饭的吗？

那位军火商赵老，他们之中年纪最长的，突然中途冒了一句："棺材是装死人，不是装老人。"他旁边的人马上接着问：谁死了？

"小林他前妻啊！"

"不是已经离婚好久了吗？"

说完这段，林桑自己都忍不住笑了起来。

这样的闲聊中，慢慢地我发现他其实并不是一个严肃的人。有时我也不免猜想，不知道他闹起酒来是什么样子？他口中的当年，应该就是我现在的年纪吧？

如今他再也无法扮演团体中那个年轻小老弟的角色。或许他的心境比在场其他这些人还更苍老。原来，过了某个年纪之后，心智便不再按照实际岁数成长换算。大家领到的牌子上，写的都是同样的一个"老"字，六十与八十不再有差别。

有一阵子总会听见他这么感慨。

某回他从国外出差刚回到台北，半夜突然肚子饿了，想到这时分大概也只有常去的那家啤酒馆，老板总会应熟客要求去厨房弄几样小点。结果他一进门就看见被大伙儿戏称为"主席"的张哥，独自一个人坐在角落。

怎么没邀其他人？张哥笑笑，含糊地应了句：不麻烦了。没听懂张哥话里的意思，不识相还要追问：怎么不去上次的酒店，找小姐陪你喝？一个人喝酒多无聊！

林桑坐下与张哥对饮，竟然对方也都少话，一点也不像当主席的，每次嗓门都最大。林桑突然才明白了，原来这些老家伙们彼此之间都算不上推心置腹。多了他，就像炉子添了火种，他们才有了吹嘘阔论的兴致，有了他这个后辈当观众，他们才更来劲。人年纪越大，越在乎面子，真正孤独来袭的时候，只能躲起来一个人。

老男人一个人喝酒的模样真凄凉，林桑说。那时候才刚恢复自由之身，身边不乏红粉围绕，没想过自己也会老。

老帅哥，一定还是有很多女人等着跟你约会啦！察觉林桑的情绪忽然低落了，我总会适时搭腔。

哈，此时最不宜的，就是跟女人扯上关系！

林桑边啧斥边澄清，不是因为守丧期间，也不是因为怕被误会，而是他惊讶地发现，就只是没有那个力气了。男人花了一辈子在学习讨好女人，结果她们还是说男人不了解她们。

“那老弟你呢？”

"我什么？"

每次碰到他这样问起，我就会用脱下棒球帽露出秃顶这一招。"你说呢？要人没人，要钱没钱，安分过日子罢了，不然能怎样？"

好在，林桑对我的故意装傻或含混其辞并不穷追猛打，只用他那副我过的桥比你走的路还多的眼神上下打量一番，然后微眯起眼，不以为然地哼出一声似笑非笑。

5

　　虽然，有好几次差一点就按捺不住冲动，也想要跟林桑细说从头，但我立刻就克制住自己这样的滥情。

　　想起某位已过世的诺贝尔文学奖得主是这么说的："见多识广的人都能掰出一堆情节；只有那些想要理解这个世界的，才能够真正诉说。"

　　如今想来，或许，那说的也正是我与林桑。

　　让他知道得更多，并不会对我们的关系有任何的帮助。一开始我已跟自己约法三章，并说服自己，像他们这样的人永远不可能明白，身为调音师这份工作对我的意义是什么。

有些事，就算说了对方也未必能理解。

例如，我记忆中最早的那架史坦威。

例如，爱米丽的那台史坦威，其实根本没有什么问题。她只是不快乐。

又或者，我曾经是有那个机会的，有机会展开完全不同的人生。若不是因为我始终忘不了，那年夏季焰阳下，却无故感觉下过一场雪后所留下的困惑与遗憾——

或许那跟后来所有发生的事都有关，或许无关。但是除非我继续说下去，否则，我永远不会知道答案。

究竟是谁，在那个一直隐约存在的世界里，仍不断敲击出那些破碎的音符？

放弃了弹琴，邱老师什么也没问，我们就这样断了联络。

因为体重过轻，我在考军校的第一关体检就被打了回票。躲过了原本父亲帮我规划好的人生，十六岁的我开始过起白天打工，晚上念商职夜间部的生活。

直到我即将升高三前的那个暑假。

记得当时我正匆忙地要换下打工制服，赶去学校参加期末考，听见电话那头的邱老师说，想要介绍我认识她的一位初中音乐班同学。什么？喔好好。为什么会有这样的会面？我当时毫无头绪。

满怀着愧疚与忐忑赴约，状况外的我一坐下就立刻对眼前的景象感到好奇：老师与这位青年才俊之间，怎么会有这样默契十足的好交情？

看得出来，老师的眼神里充满了对这个人的仰慕。能够成为国际上小有名气的钢琴家，又应某大学之邀回国担任客座，此人所拥有的这些，对她来说显然都已是遥不可及的梦了。还有多少音乐班的少男少女，前仆后继在为这样的梦想而活呢？为什么邱老师一直未嫁呢？摆在眼前的不就是一对郎才女貌吗？……

我止不住开始天马行空地乱想着。

客套与暖场结束，老师劈头就切入正题：你也荒废得够久了，对自己的前途，难道没有一点想法吗？

什么叫作荒废？荒废了我的天才吗？还是我把含着银汤匙出生的好命活成了落魄败家？不仅当下我很想顶嘴回去，老实说，直到今天我仍然不明白要怎么理解这二字。

　　我希望你好好考虑一下，虽然所剩的时间不多了，但是只要你愿意，我相信你做得到——

　　我咬住下唇，想起了好多年前与老师打钩钩的那个下午。为什么一定要去考音乐系呢？半天之后，我听见自己低声的抗议。

　　因为你太骄傲。老师比你更了解你自己。其实你一直在等的就是这一天。证明你可以不走别人走过的路。可以让别人记得你有多么特别。可以只用一个学期就胜过他们五六年的努力——

　　在老师对我急切喊话的同时，我注意到她身旁的那道目光，始终若有所思地停在我的手上。

　　老师留下我与那位钢琴家单独会谈。

　　他要我随便弹个什么，我就弹了拉赫玛尼诺夫的《无言歌》。他问我为什么选了这首？我看着他，耸耸肩，瞬间不知是哪里来的一股怒气：因为我觉得一开始这首曲子是写给女高音演唱，根本是个错误！

没想到对方竟然被我的回答逗笑了。金丝框眼镜后的目光里，有一种我久违了的坦诚，依然少年般的直率。

在弹这首曲子的时候，你有想到什么吗？

雪。我说。

那，你有看过真正的雪吗？

没有。

那为什么是雪呢？

记得我先是垂下了头，不敢直视他的眼睛，然后没来由地感到鼻头酸酸的。我无法解释，那种总像是一个人走在大雪纷飞里的感觉，即使我从来没机会见过真正的雪。

我没有可以形容的字眼。或者根本也不是雪，我说，只是隐隐约约总在身边飘落的一些什么东西。

他沉吟了片刻。

那个你形容不出来的什么，他说，就是时间。音乐让我们听见了时间，听见了我们自己的影子。

我诧异地抬起头，发现他正定神注视着我。

之前只知道自己拥有优异的配备，但是却从没有人告诉过我，音乐不在钢琴里，而是在我的影子里。

是他告诉我，每个人都有一个与生俱来的共鸣程式，有人在乐器中寻找，有人在歌声中寻找，也有人更幸运地，能够就在茫茫尘世间，找到了那个能够唤醒与过去、现在、未来产生共鸣的一种振动。

可能是一种叫爱的东西。也可能是一种叫信任的东西。与其说我们在聆听演奏钢琴，不如说，我们在聆听的，是逝去。每一个音键吐出的，都只有那个当下，永远不可能重来。

即使最孤独的人、最穷困潦倒的人，甚至濒死的人，他们都能够从一首德彪西或巴赫中得到相同的感动，因为那是我们共同的来处与去处，他说。

是的，我一直记得那天他最后对我说过的话。

往后的人生里，我从来没有停止过自问，到底那位从纽约来的钢琴家在我身上看到了什么？那个任性、懒散、自以为是的天才，永远不可能成得了大器，肯定从一开始就没有逃过他的法眼。

他不像邱老师对我一直有更多的期望，但是我也怀疑，邱老师她是否理解自己究竟在期望什么？会不会只是对自己的看走眼不能释怀而已？

那年夏天，钢琴家在台北的童年旧居。

不是阳明山别墅，或是知名文教区里的电梯华厦。那是位于曾为热闹酒吧区巷底的一间老式小洋房，当年就已见外墙斑驳的老屋，远比不上邀请钢琴家回国的单位为他安排的会馆。

钢琴家说，因为他没法弹奏陌生的钢琴。

那样特殊的地理环境，阴暗陈旧的老屋里却放置着一架华丽的史坦威，每当回忆起那个不协调的画面，我仍能感受到一种诡异的奇幻气息。

这架琴是我爸送过我最贵重的礼物，我出国留学没用到他一分钱，全是自己的奖学金，他说。

"你知道我最喜欢我们家这个老房子的哪一点吗？小时候这附近夜生活很热闹，我练琴完全不怕吵到左邻右舍，因为他们比我更吵哇！"

或许，某些人的相遇，注定只会在某种年代才有可能。

在那个贫穷年代，原版的古典乐黑胶唱片在台湾还是非常珍贵且奢侈的。

看到我乖乖地成为了钢琴家的门下，邱老师对此显然感到相当欣慰。她不知道的是，事实上大多数的时间，我们都只是在聆听他那些对我来说如同至宝的黑胶唱片收藏而已。

那也是个资讯不发达的封闭年代。

拉赫玛尼诺夫已经辞世快半个世纪，多数台湾学生所熟悉的当代钢琴大师，还停留在鲁宾斯坦或霍洛维茨的阶段。拜多年的"反共抗俄"与冷战之赐，许多苏联的钢琴家不仅长期遭自己政府限制出境，就算开始在西方乐坛受到推崇，在我们这里却仍是禁忌。

这么多年来，每次只要听到斯维亚托斯拉夫·里赫特这位苏联钢琴家的演奏，那琴声立刻就会把我带回到那年夏天，让我想起第一次钢琴家为我播放他现场录音时的情景。

舒伯特的《G大调第十八号钢琴奏鸣曲》D894，在里赫特的指尖下，呈现了与其他版本迥异的内敛舒缓，轻盈却又变幻莫测。我记得当下的空气中，仿佛立刻充满了一种来自北国寒冷大陆特有的孤独感。

他少年时代并没有接受过正统的音乐教育，直到二十岁被俄罗斯钢琴学派掌门人涅高兹发掘赏识，破例收为门下。

我静静听着钢琴家为我解说。

一九四九年他获得了斯大林奖金，才终于被放行出国演奏。一开始只能在中国和一些东欧国家。直到一九六〇年才首次在美国举行演奏会，立刻征服了欧美乐坛。

但是他非常不喜欢美国，也不喜欢出国巡回。他宁可在自己的国家，搭着火车穿越西伯利亚，沿途看到风景宜人的小镇就会下车，在当地举行小型演出。他也非常抗拒进录音室，所以我们听到的多是他演奏会的实况录音。

注意他如何掌握那些音符间短暂的宁静。

无声的部分也是演奏，切记。

磅礴激昂，很多演奏家都做得到。但是只有他，完美诠释了钢琴琴音中的轻与静。

多年后，当我也开始担任钢琴家教，仿照钢琴家对我当年的启发与孩子一起听我钟爱的 CD，换来的却往往是家长严重的不满，以为我是在打混摸鱼，没有督促孩子练习与满足他们期望中的进度。有些家长毫不犹豫便告诉我不用来了。对音乐系学生来说最简单的教琴糊口，我竟都经常碰上无法适任的窘困。

也许我真的不懂得因材施教。

可以只用一个学期的勤练，就可以胜过别人五六年的努力考进音乐系，这样的我，如何能理解一般人在学习时的障碍？

至于邱老师的托付，钢琴家多少还是有放在心上，尤其是在每月一次为学生讲评的工作坊结束后，他就会突然对我严厉起来，虽然那热度从来持续不了一周。

"就算不想考音乐系，至少这一辈子也该享受过弹弹好琴的滋味吧！"他连催我去练琴的理由都让人难以拒绝。"我可是从奥地利专程把他请来台湾帮我调音的喔！"

　　跟这位调音师合作多年，只有他最明白钢琴家需要的是什么。每次演奏会前，到底该挑选哪一架钢琴上场总是让他非常不安，最后都要找来这位调音师到场才能放心。

　　我至今仍会想起，人生第一次弹奏这么名贵的钢琴，而且是国际名师调音过的史坦威时的心情。当年那种惊喜与无措，有时仍会让我想笑出来。

　　"很难形容我耳朵听到的那种音色，"他说，"只有那个频率，那个振动的层次，可以把我带进让我感觉安全，又带着一点悲伤的奇妙领域。"

　　我说我明白那种感觉。

　　某回意外碰到钢琴家的母亲路过来访。年近花甲的妇人依然浓妆，染成栗红色的一头卷发飞扬澎湃，虽然她非常亲切地端出切好的蛋糕，招呼着我们休息用些点心，但藏在她的笑容里的凌厉与势利，让这些口头上的热络难掩一种交际场上的老练。

这位小朋友家住哪里？之前在哪个老师的门下？有打算出国吗？

一连几个问题后，她显然立刻对我失去了兴趣，并迅速地朝她儿子递了一个责难的眼色，仿佛在说，从哪里捡回来这么一个破铜烂铁？我羞愧地看着盘子里吃了一半的蛋糕，木然地呆坐在那儿，直到妇人被儿子催促着快点离去。

一个已在国际上成名的钢琴家，与一看就知道风尘出身的母亲，如果换到今日狗仔文化当道，势必不会放过钢琴家是某政要私生子这条劲爆的新闻。

本以为钢琴家与我有着相似的天才困扰，结果他告诉我，从小苦练就是想为母亲争一口气。

所谓的天才，他说，有的不过就是脑神经发育速度超前，过了一个年纪之后，又会慢慢趋于正常。那种突然发现原有的天分一下不见的恐惧，毁掉了太多跟他同辈的准演奏家，他在国外见过太多。

"可是我从来没想当什么演奏家。"我说。

"所以我才会让你来我这儿弹琴呀！"钢琴家总知道如何让我哑口无言。

只是他的恐惧，一开始我并不能懂。

三十四岁的他仍是年轻的，还可以跟十七岁的我开孩子气的玩笑。但是对一个曾被乐坛关注了十年的明日之星而言，如果还没有更上层楼的突破，等于已经是在走下坡的老面孔。

他还没有跟柏林爱乐或祖宾·梅塔合作过。他还没有百万美金的录音合约。他收到的演出邀约，越来越多是一些热闹有余分量不足的音乐节。

他单身匹马在国外流浪得太久。他除了经纪人与观众，生命里已经没有其他。后来才知道，他之所以会答应回国担任一学期的客座，是因为他极度躁郁需要暂停休养。

或许从来不是因为我有什么令他惊艳的才华。

或许只是因为他非常需要有一个人陪伴疗养，所以我才有机会和他共用那架史坦威。

他不会不知道，邱老师是喜欢他的吧？当初同意收我为门下，也有可能只是他觉得对老师抱歉，而以此作为回报。

　　比起在舞台上，只能孤伶伶地面对每一场演奏的不可知，我以为，成为幕后被某人完全信任与依赖的对象，或许那才是比较幸福的。

　　不是伴奏，不是伴读，而是作为一个类似于钢琴演奏家身边，调音师那样的角色。

　　一切尽在不言中的年代，多年后才懂得，竟是世纪末暴风雨前的宁静。

　　某次上课，我还没走进客厅就听见屋内音响开得极大声。我立刻认出那是巴赫的《哥德堡变奏曲》。

　　哇，这家伙弹得很棒啊，是谁？

　　记得我还兴高采烈地表示赞佩，以为是钢琴家又设计了什么考题。正想借机继续炫耀一下我的鉴赏力，不料窝坐在沙发上显得无精打采的钢琴家，却冷冷地反问了我一句：是吗？

我拿起了唱片封套假装端详，不敢再多言。当时孤陋寡闻的我并不知道，这位五十岁早逝的加拿大籍怪杰古尔德，已经在西方乐坛翻云覆雨多年所引起的震撼。而那天钢琴家播放的，正是他当年一推出便惊动古典乐坛的成名作。

拥有超凡技艺，却在成名后拒绝公开演奏的这位奇才，坚持最好的音乐是在录音间而非音乐会现场。他宁可在录音间弹奏二十次到满意为止，甚至不排斥修饰剪接的技术。

他鄙斥音乐会的高票价是一种精英阶级的特权，他要以平价的唱片录音让更多人欣赏到他的音乐。

他更破天荒地在录音过程中，同时记录下自己一边弹一边还随着旋律哼吟的背景杂音。

他花许多时间在电视机前，从不接电话，却喜欢主动打电话与人絮絮叨叨他对自己健康的忧心。

关于古尔德生平的古怪行径，在他过世后这三十多年仍然被许多人津津乐道，讨论他的书籍也从未中断，甚至都早已偏离了音乐的本身。从时间结构到虚拟性的探讨，从音乐厅的建筑结构、音乐会的运作结构、媒体结构、官僚结构到资本流动的结构……议题琳琅满目。直到今日，他依然是个令乐迷争论不休的人物。

如今回过头去看，至少他正确预言了一件事：人们接收与欣赏音乐的传统方式将要彻底改变。

但是，在那个音乐数码化下载仍是科幻想象的年代，天秤的一端是里赫特，依然坚守着钢琴现场演奏，对录音室极度排斥；另一端是古尔德，认为重点在音乐，即使演奏不是一气呵成又何妨？

而我，不知是哪根反骨在那天突然不安分，竟敢与钢琴家辩论起来。

"你不是告诉我，里赫特第一次在维也纳举行演奏会时，他的继父在他上台前无预警前来告知，他母亲过世了？结果他那场表现失常，被乐评攻击得体无完肤，什么神话破灭、传奇不在……为什么要让他被那样羞辱？音乐家也是人，也有情绪，为什么不可以失常？"

"音乐家不是为乐评而活的！所谓乐评，不过是无法如愿成为音乐家的一群恶意混蛋！冒充专家，小题大做，最后赚到几块钱稿费就心满意足，没有梦想，毫无创意，只会躲在乐评这个头衔后沾沾自喜。即便所有这些评论的人都死光了，音乐这件事也不会受到一点影响，这才是真相！"

之前从没有见过钢琴家失控愠怒的这一面。不难想象，那些年他承受了多大的压力。停顿了片刻，他起身走到了音响唱盘前。我也不敢再出声，满室只剩下古尔德的演奏，如此华丽，精准，高潮迭起。

唱片放到了尽头，钢琴家才再度开口。

"没错，走向舞台的那一刻，面对的就是无法完全掌握的状况，一个演奏者最后只能专注在当下他与钢琴之间的对话。人生不也是如此？就是要克服心魔，跨出那一步。"

他接着说起里赫特到了晚年，视力不行了，怕强烈的舞台灯照射，只好台上熄灯，只在钢琴上留一盏小光。不管台下是农民还是达官显要，他仍坚持独自坐在半黑暗中，继续地弹奏。

"而且，他早就为自己选好了陪伴自己临终的音乐——舒伯特的钢琴奏鸣曲。能不能成为演奏家，到头来真的没那么重要，重要的是，走过人生这一趟，到终了的时候，有没有那个令你心安无悔的东西？"

没有人会想得到，钢琴家竟然会比孤独悲伤的里赫特先走一步。十七岁的我又哪能真正体会死亡这个话题？

当时浮上心头的，竟然是舒伯特这个倒霉的家伙。

身高一五几的矮冬瓜，长得又丑，头发稀疏，敏感神经质，一生穷困潦倒，追女人从没成功过。然而，就在那几次仅有的男女之欢里，让他得了梅毒。

这个舒伯特，人生中遭遇的不幸着实难以想象，始终如游魂一般徘徊在灵魂的深渊。三十岁早逝，生前比起肖邦或李斯特，除了怀才不遇，更是难比他们丰富的情史与风流韵事。

幸好他还有音乐。他一生完成了九首交响曲、二十一首钢琴奏鸣曲，以及数不清的歌曲与室内乐。

有了音乐就足够了吗？还是说，他追求的从来不是扬名立万，而是因为面对那份空虚、那种对无法满足的爱欲渴求，所以才留下了这些创作？

如果放弃了对爱的渴求呢？

想到这里，我回头再瞧了一眼唱片封套上古尔德的照片。瘦干秃顶驼背，一对招风耳，演奏时竟然还跷着二郎腿。接下来连我自己都意外，怎么会说出这样的话来：

"欸，也许，他不是真的放弃了演奏会喔，而是放弃了某种期待。像是一种戒断的手段：故意不再演出，宣示自己从此与某种最爱一刀两断！有没有这种可能啊？"

忘不了钢琴家在听到我的无心之言后，顿时眼中流露出一种既讶异又痛苦的表情。

一语成谶。事过境迁才明了，钢琴家当年陷入的挣扎，还有他那一整个世代，在世纪末面临的一场突如其来的浩劫。

与邱老师从未正面讨论过钢琴家的去世，只知道他在一九九〇年代初得了"一种奇怪的病"。甚至我们后来都刻意地避免去谈起这段遗憾。

一九九七年，得知里赫特过世那日，说不出心中是什么样的一种复杂心情。感觉离开的不光是里赫特而已，仿佛古典音乐的某种光环因为二十世纪最后一位大师之死而确定暗淡。一切都更商业化了，音乐家们开始演奏流行乐曲，黑胶唱片被淘汰，连卡带都被CD取代。

想要取得里赫特的CD不再是难事，但是只拥有过钢琴家演奏卡带的我，在卡带日久损毁后，再也无法更新。不过去世才几年的时间，钢琴家已从数码化音乐的世界中彻底消音。

我特别回去寻找钢琴家的旧居，才发现那巷子里的一排老屋早已全部拆除。失落之余，心中不断浮现的画面，是老屋中那架华丽的钢琴。

尽管在钢琴家结束客座返回纽约之前，我已经有感，他是不会再回来了。但我却曾经傻气地以为，他的钢琴会一直待在原地，那就够了。没想到那年的一切，就这样消失得一干二净，如夏日里的一场雪，从此悄然无痕。

那架钢琴后来到哪儿去了呢？

作为叙述者，究竟还需要交代哪些与我自己有关
的事情？

我是说，除了我是一个音乐天才之外？

6

　　结束了德彪西的第一号华丽曲《阿拉贝斯克》，演奏者的双手在空中暂停了三秒，感觉如一对天鹅正缓缓游滑过湖面，终于上岸。

　　相隔四分之一个世纪，少年终于有这个机会再次坐在史坦威之前，听到音键在他的指尖下发出迷呓呢喃。二十五年前那个少年，隐约在琴身黑漆桃花心木的反影上短暂地重现，在音乐结束的那一刹，也瞬间消失了。

　　静坐了数秒，还以为会听到从背后传来钢琴家的一声 excellent。结果却是不知何时走进了客厅的林桑，寥寥施予的掌声。

如梦初醒般，我长长吐了一口气。

林桑送给爱米丽的这架史坦威，虽不是古董名琴等级，我猜，应该价格也至少三百万。

我本应当拒绝来此练琴，但是林桑说，不然的话他还要多跑一趟，去音乐教室帮我开门。如果他信得过我，大可以把音乐室钥匙给我一套，但是他却情愿让我登堂入室成为常客。

我不知道究竟哪种做法才会让人比较不尴尬。

起初我甚至怀疑，他是不是发现了什么？

如果他真正的目的，是想从我这里打听关于爱米丽的任何事情，我该如何继续保持不多话的淡然？

"你是说认真的？"听见了他的问题，我转过身望着林桑，"怎么会突然想学钢琴？"

"一直想学，但是从来没下定过决心。年纪越大越怕出糗，越怕出糗就越不敢开始。"

"那现在是怎样？"

我翻了翻书架上的乐谱，找不到任何初级可用的教材。

"我觉得，你可能是个好老师。"

那是典型林桑说话的模式，被动语气中其实表达的是强烈的主导企图。

一开始相处时我并无察觉，只觉得他主动的善意超乎我的预期。而我也以一种同情加上愧疚的心情，屡屡接受他的邀请。我们甚至还一起去了他与爱米丽初相见的那家法国餐厅。在他的丧妻哀悼过程里，我竟不知不觉成为了他唯一的听众。

如果他知道，每次坐在他的面前我有多尴尬的话。如果爱米丽的灵魂尚未走远，会不会跟我一样感到啼笑皆非？

原本我可能会由于越来越难以掩饰的这份担忧与悬心，而选择开始慢慢与他疏远。他的孤单，他的失落，他与爱米丽婚姻中的沉闷，在那一刻好像都成了我难辞其咎的责任。

往事无预警浮出的瞬间，我突然对眼前那个男人强烈地感觉到抱歉。

　　不知道那是第几次再回来帮爱米丽的钢琴调音，只记得同样也是一个夏日炎炎的午后。

　　屋子里突然变得好安静，只有我一个人。

　　从落地窗看出去，爱米丽与刚刚来访的一位客人正站在梧桐树下交谈，仿佛有意想避开我的存在。那名身形高挑的男子脑后留着一截马尾，看起来比爱米丽要年轻一些，一双眼睛细长而微吊，很典型那种西方人喜欢的单眼皮。

　　深埋在记忆里多年的某个景象，意外地在那个午后又被勾引出了水面。

　　即将返回纽约的钢琴家临行同意举行一场演奏会，他问少年，如果安可曲中放进一首轻松的四手联弹，愿不愿意上台跟他玩一玩？

　　少年笑说不敢。

　　不敢？那是因为你没有一套像样的衣服！钢琴家不改一向对少年的揶揄：就这么说定了，改天带你去定做！

嘴上虽说不敢，少年的一颗心简直就要被这样的承诺兴奋得撑破。雀跃的原因，不是想到会有多少"重要人士"当天将坐在台下，而是他将与钢琴家穿着一式的黑色礼服，结着领花，在钢琴前并排而坐的那个画面。

画面中我先是看到梧桐树下爱米丽的背影，她的发髻不知何时已经松了，一头长发披散。马尾男的手在她的发间梳游着，揉搓着。

同样的夏日午后，一位金发碧眼的访客突然的出现，让那首四手联弹终成为无法实现的承诺，只能永远活在少年的想象里。

钢琴家与访客说起了法语，进了房间，留下少年一个人坐在钢琴前。老旧的房门关起后又不听话地疲乏放手，露出了一道缝。屋里的两人完全没有察觉门缝外的眼睛。金发的男子把钢琴家紧紧搂在怀里，两人的唇如同历经了整个夏季才终于找到彼此的蝉，要赶在夏日的尾声奋力完成它们的交配……

后来我跟爱米丽说，我都看到了。她先是吃了一惊，然后开始哭泣。

我伸出手去托起爱米丽的脸庞。

许多人都说过我有一双漂亮的手掌，有骨有肉，指节修长，连钢琴家都曾赞美过这是天生要用来演奏的一双手。没有别的东西可以奉献给哭泣的她，除了我肉身上下这唯一美丽的奇迹。

即使如此，爱米丽仍然像是被侵犯了似的，立刻别过脸去，将我的手一把推开。

同情与罪恶感究竟如何区别？

为什么背叛对某些人而言是如此轻而易举？

钢琴家四手联弹的搭档毕竟不会是我。同样是演奏家的金发男子，作为那晚的神秘嘉宾曾让整个音乐界为之雀跃并津津乐道。怎么会是我？为什么会那样天真？也许连背叛都算不上，只是一句玩笑话被我当了真。不是早就决定放弃钢琴的吗？我其实早就知道不会有什么不同，为什么让自己又再一次——

这个无知的男人，至今仍沉浸在丧妻后的孤独自责里。然后他唯一愿意打开心房的对象，只剩下前妻生前的调音师，那个没有机会更亲近他妻子的音乐天才，一个想以要挟换得爱米丽重视的怪胎，一个没人会在意曾经伤害过的瑕疵品……

我知道我什么都不能透露。

多年来我已习惯，自己是那个孤立的黑键，另一个白键似乎永远存在于指端无法企及的边缘之外。

我无助地注视着记忆里被钢琴家遗弃的那个少年。

记忆中的少年，握着拳头，指缝间夹着一根螺丝钉。他闭起眼，听见螺丝钉在丝滑般的史坦威琴身上，剐出一道长长的，窸窣而尖锐的呻吟。

然后他哭着冲出去，在巷子中头也不回地死命奔跑。他知道没有人会发现他的失踪而追来寻找。只能继续地逃跑。

以为只能这样了。没有尽头。直到再也不知，自己究竟身在何处。直到林桑让我又再度坐回了一架史坦威前，听到自己的心跳。

早就放弃教琴谋生，更不用说，教琴的对象如果是眼前这个男人。只好推说调音工作繁重，也仅点到为止，生怕他会继续多问。他侧头想了几秒，再开口时，语气显然变得沉重起来：

"如果没人教我弹琴，这琴就只能荒废在那里，没有人再会碰它了。"

被荒废的命运只是迟早的事。

没有人弹奏却只靠调音保养，难以预料乐器的状况会如何地逐渐恶化。

然而，我也并不认为他想学琴的说法是认真的。似乎话里还夹杂了好几层的意思，教人没法立刻参透。

直觉上的理解，难道是打算连带音乐教室里的那些钢琴，一并处理掉这架史坦威？因为他的确曾征询过我，是否认识二手收购业者？每一台粗估合理价是多少？

见我没立即回应，他紧接着又有了新想法。

"光靠调音，收入一定不稳定吧？而且钟点费比起教课来也少了许多。我听班主任说，爱米丽也觉得你弹得不错。干脆，你就收学生在我这儿教琴吧！钢琴都是现成的。"

一抬眼，落地窗外的那棵梧桐树下，我仿佛又看见了那两个厮磨的人影。

从来不觉得自己需要朋友的我，实在无法判断，背叛是不是人与人之间共振时必然会撞出的杂音？

七岁的孩童与二十四岁的邱老师。十七岁的少年与三十四岁的钢琴家。四十三岁的中年与六十岁的林桑。

同样的间距，反复如同轮回。

仿佛是钢琴上相隔的两个琴键，同样的等距在不同的音程里，奏出的却是截然不同的振动与共鸣。

六十与八十的共振如果让人感觉寂寞与绝望，会不会是因为久未调音？反复出现的间隔，哪一个才最接近毕达哥拉斯的和谐律？

总有人会受伤。

是不是大家都懂得如何计算那种几率风险，除了音乐天才？

二手乐器商到音乐教室估价那天，林桑也通知了我到场。不用我多说，他也看到了求售的结果就是如此，听到开价就已让人心凉。

就这几台？还有别的吗？乐器商仿佛能读心，看看我又望望林桑。

我避开林桑的眼神。

虽然拒绝了用爱米丽的史坦威教课这个提议，我仍继续弹奏着爱米丽留下的钢琴。

那念头像是，只要不让那架史坦威被荒废，就可以阻止无法描述的一种惘惘慢慢向自己逼近。已经有好多年都不曾如此投入，不必担心是否占用了别人的时间，练琴的时数越来越长。

只是，有半个月和林桑都不曾再去酒馆聊天了。我们之间最近仅剩一些必要的问候与礼貌的闲谈。等教室里又只剩下我跟他时，我迟疑了一会儿才决定打破沉默。"你，还好吧？"他没有回答，自顾去一间间把练琴室的门锁上。

既然都已经走到找人来估价这一步了。

显然，教琴不是我目前的生涯计划这个理由，并无法取得林桑的谅解。向来我只帮忙维修调音，谁是钢琴的主人从来不是我的考量。

琴归何处怎会是我的责任？他为何认为我会答应在他家开班授课？

在贝森朵夫上弹完一曲李斯特的《叹息》，发现林桑不知何时来到了身边，等着要来关上最后这一间练琴室。

看见那满脸的懊丧，我隐约感受到他已准备放手了。这一次锁门之后，或许今后再也不会有弹奏这台贝森朵夫的机会了。

有可能与林桑之后也不会再有什么交集了，因为他说过，男人跟男人间的交情，散了就散了。

但是爱米丽不会消失。

一想到还要继续守住的秘密就让我犹豫。除非他宁愿舍弃的，是那架史坦威？

帮着收拾了一些杂物，锁好练琴室的门，等走到音乐教室的大门口，我发现我俩都迟疑了一下，谁都不想做那个先推开门的人。

林桑问我，等会儿要去哪？我说，要去买琴谱。

虽然这么多年来，从 CD 到 iPod，里赫特演奏的舒伯特钢琴奏鸣曲仍经常被我播放，不管是第十八号 D894，还是第二十号 D960，但是我却从没有起心动念，要将它们纳入我个人演奏的曲目。

舒曼，或许；李斯特与肖邦，在准备考音乐系的时候都下过一番功夫。德彪西与拉赫玛尼诺夫，一直就是私心的最爱。但是舒伯特，多年来却屡屡被我有意无意绕过。

或许在下意识中，舒伯特的人生总让我心惊胆战。更有可能是，里赫特的版本太令人慑服，以至于我一直企图逃避这项挑战。

没想到，那段日子里在林桑家的勤练，为我增添了不少信心，终于给了我想要尝试的念头。

更没想到的是，作为音乐家的丈夫，林桑竟然从没有走进过琴谱专卖店。

坐落于西门城中老区，已有五十年历史的老字号，在我心里其实更胜于那些由知名室内设计师操刀打造的时髦文创店。在那样的空间里，总会看见那些在用力扮演艺术家的年轻人。

如果是穿着棉麻织品的宽松大裤，披着一条长围巾，脸上表情冰冷的，那是舞者。刻意表现出一种低调，破旧牛仔裤加球鞋，虽然总是行色匆匆，却对四周目光十分敏感的，那是演员。

因为高跟鞋与发髻而显得超龄成熟的女生，不是黑道却一身黑衣黑裤的男生，若是手中再加一束鲜花，那八成不是合唱团就是室内乐团员，在刚刚结束一场演出后会有的模样。

所幸在那间老字号里不常见到这类人。

日据时代就已存在的那种老楼，窄梯陡斜，一线通顶。爬上三楼推开了琴谱店的大门，回头看见林桑正如我的预期，露出了一脸讶异的表情。

意外的闯入者一眼肯定无法猜出，这究竟是一个什么地方。从屋顶到地板，满墙都是一格一格附带玻璃小窗的木制抽屉。每个抽屉都特别定制成细长扁薄的尺寸，正好是两页琴谱摊开的大小。所有的音符都如此沉静地在那匣中等待着。

既像是某座寺院的藏经阁，又像是历史悠久的某间医学实验室，一格格抽屉里仿佛装的不是乐谱，而是那些伟大作曲家的DNA。一首首乐章都是人工的存放与取用，拉出扁扁的小抽屉，闻得见木纹，还有那专门为印制五线谱的纸浆气息。这里不卖一般音乐社里整本成册的琴谱，只有散页。抽取时每个人都格外小心翼翼，怕一不小心就要造成折皱或污损。

　　林桑安静地在店里走看了一圈后，不知何时已悄悄地站到了身后，看着我把舒伯特的琴谱一张张从格屉中抽出。

　　半晌，他才刻意压低音量，突然轻声说道："喂，我把史坦威卖了以后，你要上哪儿去练习这些曲子？"

　　当下以为，终于拍板定案了。同时，却又感到他似乎一语双关。

　　其实，我早就想到了一个为音乐教室解套的方法。

　　一直忍着不多嘴，是怕逾越了自己调音师的身份，以为自己可以不同于他生命里的那些人，不希望到最后被误会，其实我跟那些人都一样，无法做到只是交会而别无所求。

那一念之间到底发生了什么事？只记得下一秒钟当我回过神来，发现自己闷哑的声音竟如此回答——

"……赚不赚钱不是重点，重点是，这样你就不但可以保留了陈老师的钢琴，也保留了教室的空间。场地够大，放个十台钢琴不是问题。虽然暂停了音乐教学，但多少还是与音乐相关的生意……"

7

时间来到十九世纪末，钢琴制造技术达到新的巅峰。在纽约这座城市，钢琴交易就如同华尔街股票、百老汇剧场、新闻报业出版一样，曾经是它最顶尖的产业之一。

一百七十几家的钢琴制造商都群集于此。数百种品牌，数以万计的钢琴，曾经都在纽约生产与集散。

登上一九二〇年代高峰之后，纽约的钢琴销售接下来只剩逐年下滑的颓势。唱片录音技术的普及，无线电广播的问世，取代了有音乐的地方就有钢琴这几百年来的定律。连进入演奏厅正襟危坐听一场音乐会都嫌太奢侈，一个个演奏家都开始走进了录音室。

到了一九八〇年代，纽约生产的唯一厂牌就只剩下史坦威。全美国从百家品牌凋零至仅存五家还在制造营运。

话又说回来，就算钢琴仍为多数人想要收藏，地球上也没有那么多的森林可以被砍伐，取得制造钢琴所需的原物料已经越来越困难。

除非是那些有专人保养的名琴，一般钢琴的下场多半是被解体拆卸，能用的零件被重新组装，救不了的就成了废料回收。纽约虽不再是钢琴之都，却多年后谷底翻身，成为了今日钢琴再造重镇与二手钢琴买卖中心。

经过组装再造后的钢琴，灵魂说还成立吗？

从职业的角度，我会说，任何一台钢琴无关新旧，若有所谓的灵魂，那也是经过调音解咒之后才被释放的，否则也只是持续被禁锢着。

抵达位于第五大道的卡莱尔饭店已是晚间十点许，二十多个小时的飞行，让全程未入眠的林桑已倦容满脸。我们匆匆道了晚安，便各自进入对门的房间。

和衣小寐了不知多久，突然睁开眼，看到床头电子钟显示已是午夜凌晨。打开了行李箱，取出新买的厚重羽绒衣，穿上后我便独自步出了饭店，开始在空荡的街头无目的地漫走起来。

出发前我们谁也不知道，已在待命中的会是什么样的转折。林桑问我为什么会有二手钢琴买卖这个想法，我坦言，多年来我一直在一个网站上与全世界的钢琴迷聊天讨论，虽然都只是纸上谈兵，但多少知道一些眉角。

林桑没有反驳，只说了一句：那我们就得去多找些二手钢琴。我还来不及多做功课，他便已订好了机票旅馆。

究竟该说，这是托爱米丽之福，还是拜我的不自量力之赐？原以为今生早已与我无缘的纽约，即使已走在它的第五大道上仍让我感觉极不真实。

非周末的凌晨，又已是十一月初冬萧瑟，马路上除了大型的扫街车，与不时急驰而过的黄色计程车，根本没有几个人影。计程车一辆辆都加足马力，担心向隅似的不知要赶赴何方，不免让人想象这座城里是否还有一些地图上并不存在、外来客无从得知的秘密地点？

无人的曼哈顿，干冷的风一阵强过一阵。不知不觉便已经走到了第五大道的最南端，华盛顿广场的那座拱门之前。

我知道，围绕在广场四周的，就是纽约大学的校舍。

那年，十六岁的钢琴家，就是从这里站上了他的舞台。

二十二岁那年，钢琴家在林肯中心的 Alice Tully 厅举行了第一次的大型独奏会。次日，《纽约时报》刊出的乐评对他表示高度赞赏，一个年轻演奏家的人生就此改变。

多少音乐天才，在他们青少年的时候就已握有了征服此地的门票。

至于四十岁过后才第一次踏进纽约的，只会被提醒所有那些已过期、再也不可能被兑换的点数。

直到那个深夜徘徊在华盛顿广场，我才第一次意识到，自己在世上的时间如今已经超过他了。但每想到他，我总还是会不自觉像孩子般地仰望，仿佛仍然在等待着他的认可。

只有从他带回来的一些录影中欣赏过他舞台上的风采，我从来没有真正坐在舞台下当过他的观众。早年用的还是后来没人再听过的 Beta 影带，当时竟没想到应该拷贝一份留存。

连他最后离台前的那场演出我也错过了。都已经这么多年了，没想到，他曾经告诉过我有关纽约的种种，我都还记得。

早该知道，来到钢琴家生前的另一个故乡，那个曾经拥抱过他的舞台，我不可能不陷入令人迷惘的、一连串"如果"的纠缠。

如果，曾跟钢琴家保持过通信的话，或许我就会知道他在曼哈顿的旧居所在。当然，那不过就是不着边际的胡思乱想。钢琴家都已经过世快二十五年了。

但是，如果那个法国人还住在那里面的话？

他们曾经同居在一起吗？钢琴家死时，法国人有陪在他身边吗？

我并不想了解两个男人的爱情是怎么一回事。我关心的只是，台北那架被我剐伤的史坦威，有没有可能最后是被运来了纽约？

他死后那架琴是不是被法国人继续珍藏？如果我知道地址，我会不会有那个勇气上门？

如果，只是如果，当大门开启，才发现一切都只是误传，他就出现在我面前，一个六十多岁的发福中年人。他只是做了一个重新开始的决定，就这样隐居度过了下半生？……

第二天用完早餐，我们开始顺着百老汇大道往南行。

曼哈顿的西中城，除了著名的史坦威与佩卓夫展示店，还有十来家各式各样的二手钢琴与再制厂商。每当店门被推开，接待人员看见一头银发与一身阿曼尼的林桑，无不因为那派头而当他是来自东方的某大音乐家。

没人会注意到跟在他身后，把棒球帽压得低低的我。直到他们发现，我才是真正坐下来试弹的人时，他们脸上惊讶又尴尬的表情总让我暗嘖偷笑。

逛到第四家店时，迎接我们的是一位年轻的东方女孩，听见林桑与我对一架外观精美如高档家具的梅森交换意见时，她立刻由英语转成了中文：台湾来的？

"叫我小张吧！"她自我介绍，来自北京，刚取得了茱莉亚的音乐博士学位，我跟林桑听了相视一笑。小张问怎么了？

"你已经是第三个说是茱莉亚毕业的了。"我说。

"你们还去了哪几家？有碰到那个雷蒙吗？阿根廷来的，还是我同学呢！"小张不以为忤，反倒哈哈笑了起来："纽约不光是满街等着试镜的演员，想要成为演奏家的也一大把！"

说完她便立刻坐下秀了一段琴艺，是有两把刷子。倒是那架葛洛蒂安，一如之前在其他店里我试弹过的二手钢琴，都出现同样的问题。为了突显音色洪亮，调音师都做了过度的修饰。

"所以林先生之前弹的琴是哪个牌子的？"

林桑被这一问突然愣住，我赶紧接口，是史坦威。这回换小张怔了一下：那是怎么着？为什么想要换琴？

"不是买给我，是买给他的。"

虽然，那只是林桑当下的搪塞——总不好直说是为了自己开业吧？——但是，听到有人开口说要送自己一架钢琴，即便只是一秒钟的误听，这可笑的幻觉却在我耳中嗡鸣了好一会儿。

再看小张那表情，显然是摸不透现在该推荐什么价位品级的物件。或许她更猜不透，怎么会有人想送钢琴给我这样的中年鲁蛇？

见大家都没意见，她便把我引到一架闪闪发亮的黑色平台钢琴前。琴盖上写着"里特米勒"。虽半信半疑，我还是试弹了一小段肖邦。

"怎样，还不错吧？"小张指指谱架上的定价卡，"全新的，只要一万美金。"

我说我以前没听过这厂牌。

小张一听反倒得意了。"Made in China！工厂在广州，他们一天可以生产五百架！中国这几年的钢琴品质进步很快，价钱又低，整个市场现在都被迫跟着降价，否则根本不是对手！"

原来在她眼中，我配得上的钢琴，就是这种等级。

三天的寻访落幕，晚餐间林桑开始问起我的看法。某些钢琴不算严重的缺点，有意无意都被我夸大了些，并表示这门生意必然存在许多黑暗面，也许我把它想得太过简单了。

身穿民族服装的男侍者微笑着来到桌边为我们上菜。室内墙面全采红色设计的 Russian Tea Room（俄罗斯茶堂），以前只有在伍迪·艾伦的电影中看过，没想到此刻我竟身在这家著名的纽约餐厅。

"我做了一辈子生意，什么奸商没见过？"没想到他并没有因此气馁，边把餐巾铺在膝头，边举起了红酒杯，"我倒觉得很有趣，怎么有这么多名校的学生都在卖钢琴？"

我说，所以我不想教琴了，想做演奏家的年轻人已经太多了。也许钢琴制造业已经被音乐家生产线所取代了。

"到最后还是会梦醒的吧？艺术这一行，竞争这么多，想出头太难了。我就是个商人，只懂得成本与收益，实在看不懂那些人在做什么梦？是好莱坞电影看太多了吗？"

我没法反驳，也不想反驳。他不会懂得，就是因为已经所剩不多，所以只好孤注一掷的人生是什么意思。

"我这样说或许很主观，但是在我看来，太固执的人往往就会错过其他的机会。固执，有时可能只是因为害怕。二手钢琴买卖的提议，对你对我，也许都是那个应该把握的机会。你也许会是一个很好的 partner，搞不好你很有生意头脑你自己都还没发现。如果爱米丽能早点介绍我们认识就好了……来！ Have a toast，为我们将来的合作！"

我跟着林桑举起红酒杯，至少为他这番感性的说法。

其实，他一直没松口，还没做出将音乐教室转型为二手钢琴买卖的最后决定。但是过去一段时间，他

108

已经开始按月发我薪水，如今还称我为他的合伙人，partner。

起初确实有点受宠若惊，但是想一想，是谁在去为不同的钢琴调音时总会顺便带上他，引导他认识钢琴的构造与不同厂牌的特质？

又是谁从网站上带他认识了国外的二手钢琴买卖，认识那些台湾人并不熟悉的名牌？并让他了解行情，一台美金一万八就可以买到的二手葛洛蒂安，到了台湾可以叫价到多少？

一旦开始营运，可以被信赖为任何一架旧琴重新整音调律，让它满足客户任何梦想的，除了我还会是谁？

两人的晚餐，偶尔还是会提到爱米丽，就像她始终与我们同桌，隐约在一旁没有出声。

林桑说，他与爱米丽先后去过伦敦巴黎维也纳，最后竟没来得及在纽约留下任何回忆。他提议过几回，都被爱米丽委婉地劝说来日方长，她想先去欧洲。毕竟她是留美的，真的不急于一时再度重游。

一个自称是奸商的男人，怎么会没有怀疑过这当中另有隐情，听不出这只是妻子的推托借口？

　　我知道，只有在我对他的同情浑然不被察觉的情况下，我们的合作才有可能继续。

　　也许正如林桑所相信的，每一种关系都建立在供需平衡。就算是，我只不过被当成了在他丧妻的失意空虚中随手攀到的浮木，于我又有什么损失？

　　然后，不知怎地，我的眼前突然浮现的是钢琴家与他的法国金发情人。

　　我相信，他们一定曾常来此用餐，在两人都意气风发的那些年。

　　在四手联弹的那个希望破灭之前，我也许曾经幻想过，钢琴家会带着我去到不同的城市，听他一场又一场的演奏。

　　也许并不是幻想，而是他确实曾无意间给过我这个希望。跟一个十七岁的孩子做出这样的约定是一件残忍而危险的事。

　　如果，又是另一个如果，当他发现他珍爱的史坦威被严重刮损后，曾经试图把我找回去兴师问罪的话？

又如果，我有那个勇气向他坦承认错的话？事实上，会不会是因为，我没有让钢琴家有那个履行约定的机会？——

但，已经都不重要了。

收起环视这间红色餐厅的目光，我轻声说出自己都有点难为情的感谢：这一趟让你破费了，林桑。

或许，与眼前这个外表比我还更像一位音乐家的林桑，我们的供需平衡是建立在遗忘。

他终需要忘记那个并没有爱过他的爱米丽；而我，终于来到了钢琴家的城市。

8

来到纽约的第五天。

这一日我们没有安排行程，因为林桑得要去一趟费城，跟他的前妻与儿子碰面，来一场亲子午餐会。

如果据他之前所说，每回见面都会让他胃痛属实的话，我几乎可预期，等他傍晚回到纽约时必然情绪大受影响。因此，在离开旅馆各自活动之前，我特意问他，要不然我去林肯中心看看，也许今晚的音乐会还有票，希望有助转换他的心情。没想到他的回答竟是，挑出百老汇音乐剧吧，很多年没有看了。

这样的建议反倒教我松了一口气。

其实，我也并非真心想去听那场音乐会。尤其不想走进，曾经写下钢琴家人生重要注脚的Alice Tully厅。

买好了戏票，接下来整个白天，我就这样毫无目的地在城市里乱走。一整天下来，我计算总共看到十三个拉小提琴的人，在人行道旁，在地铁的月台上，在大大小小不同的公园里，等待着来往的路人给他们打赏。

不晓得是不是因为低温的缘故，总感觉有一种微微的晕眩。下午四点暮色便已降临，寒风从包围曼哈顿岛四面的水岸长驱直入，就好似有一把把的刀正在重新雕刻出我的身体，再不是长年在岛国湿潮中，轮廓都已糊掉的那个身体。

每一口呼吸都像是会把冰碴吸进肺里的冷空气，甚至让我恍然有种错觉，自己的身体又回到年轻时那种有棱有角的清爽。

年轻的时候，我记得。

那时的世界没有四季之分，夏季冗长得令人窒息，西风仍只是诗歌里的字眼，我一直靠着想象着一场大雪让自己活了下来。

太阳隐身，气温逼近零下，我从来没有跟一场期待中的降雪如此接近过。

来纽约前抽空回老家了一趟。位于南机场的国宅，是老爸卖了二十年水饺的积蓄所购，如今只剩母亲一人独居。

所幸除了听力变差，她倒是还能自理。身为幺儿，上有二兄二姊，我这些年只顾东游西荡，还真是没为这个家出到任何力。坐在客厅里陪母亲看韩剧，边看还要帮她解释剧情，那当下我感到十分心疼：平时她一个人在家守着电视，都只是望着画面发呆不成？

对母亲向来不多谈自己的生活，更何况是还没有眉目的事。这个二手钢琴买卖的计划真的能实现吗？目前打工性质的调音服务，只够养活自己一个人，什么时候我才能负得起分担照顾的责任？

到了广告时间母亲才忽然想起来，有一位邱老师打电话来过，要我跟她联络。

　　原来，老师今年满六十五岁从大学退休，在加拿大的女儿帮她办了依亲移民，最快月底前就要过去。

　　实在称不上她的得意门生，却让她还惦记着师生一晤，说不出心中的那种感觉，到底是感谢还是无奈。童年印象中那个温柔美丽慈爱的气质美女，中年后剪去了长发，已成了一个圆滚滚的妇人。

　　她一直很努力，从小学音乐老师完成在职进修转任高中，又出国拿了一个硕士，回国后进入师范专科当讲师，讲师留职停薪又去念了个音乐教育博士，还在国外认识了读资讯管理的未来老公。专科几年后变学院，学院又升格成大学。她到底拼成了正牌的大学教授，甚至，还做过几年大学里的学务长。

　　不懈不倦的一生，如今圆满荣退，我理应为她感到高兴。还好，当年她与她崇拜心仪的钢琴家没有结果。

　　可是，我就是无法将眼前的邱教授与当年的邱老师相联在一起。我感到说不出口的一种遗憾。我想知道，除了我与钢琴家曾让她失望之外，还有哪些事哪些人，将她年轻时的音乐梦越推越远？

"老师常常会想到你。"

边说边戴起老花眼镜的邱老师，从客厅茶几下取出了一个牛皮纸袋。"我最近在清理打包，发现了这个，你瞧！"

那里面是一大叠我在小学时参加比赛获奖的证书与奖状。

"你那时候说，不能带回家让爸爸看到，要老师帮你收着，我后来都忘了它们一直还在！"

也许她自己都不记得那些梦了。

也许她想要见我，正是因为她需要另外一个放弃的人，让她在挥别前夕有一个安心的句点？

"叫师丈。"

"师丈好。"

对着从外面走进来的人影仓促鞠了个躬。对方脖子上挂着一条毛巾，肩上背着一个水壶，大概是刚爬山或健行回来。

师丈身形矮壮，即使已退休，仍不改沉着坚毅的面部表情，流露出一种仿佛要继续为老年活出意义的决心。他笑着招呼了两声便从客厅消失，看来这已是夫妻间的默契，彼此拥有自己的社交空间。从走进了邱老师家后一直隐约感受到的某种气息，我终于为它找到了形容词：井然有序。

不再讨论与音乐有关的话题，我们的会面就如同老朋友间一场叙旧那般寻常。转眼自己也已经是中年人了，有那么一刹那，我觉得自己随时都可能要掉下眼泪来。尤其当老师突然话题一转，问我为什么都不成家？难道都没有遇见过适合的人吗？

三十年前的邱老师绝对不会说出这样的话。我却已不想同眼前的她辩驳，什么才叫作适合的人？适合二字连用在一架钢琴与一个演奏者的配对上都不容易了，放在两个活生生的人身上，却变成了一道不言自明的规范须知，不懂那是什么意思的人，难道只有我？

三十年前初遇像师丈这样一个人时，老师立刻就知道那是"适合的人"吗？如果是经过一生磨合才有的结果，那根本只是认不认命的问题。

一直等到告辞的时候我才像是顺口提起，下周要去纽约。

短暂的迷惘出现在她的眼神里，仿佛那是老师从没听说过的一个地名。随即她迅速换上一张为人师表欢送毕业生时的笑脸，那种明明已经麻木却仍坚持乐观的表情。是喔，好好去玩，纽约有许多值得看的东西呢！

我以为老师还会多说点什么。

我才知道钢琴家对她而言，已经是没有意义的过往了。

那天傍晚，直到开演前十五分钟林桑才终于赶到戏院。在等待入场的人潮中，他匆匆环视搜寻，竟然没有一眼就认出我。

新帽子？

是啊，下午逛到了东村的圣马克斯街，看到这顶贝雷扁帽，酒红色挺特别的，就把我那个破棒球帽扔了。

他前后打量我一番，夸说好看。我还来不及关心他的亲子午餐会如何，他反先问我这一天都做了什么。

我打开背包，拿出一个装了十几个冰箱磁贴的塑胶袋。

我沿路只要看到纪念品店、跳蚤市场或二手艺品店就进去搜集，我说。里面是各种乐器的图形，有萨克斯风、吉他、钢琴、小喇叭、小提琴、大提琴……这些都是要送给你的。

剧场里开始闪灯，演出即将开始。他迅速把手伸进袋子里，抓出了一个装进了自己口袋。

9

关于音色。

按下琴键，我们的听觉神经所接收到的琴音包含三个部分。

第一个部分，我们可称它为基本音，嗡嗡。第二部分，锵锵。音符的力度与清晰与否由它来勾勒。

第三个部分，添加了声音里的表情，有点像是灯光的明暗，由嘶嘶这个声音在负责调控。嗡嗡，锵锵与嘶嘶间的比重调配，就构成了我们耳朵所感觉到的音色。

不像音律或音准，纵然不可能达到百分之百的正确，我们仍可以经由数学的计算让它逼近。但是音色却是全然主观的喜好，就好似你会对某种类型的人有种先入为主的好感，无法解释那是前世还是脑神经系统在作祟，但通常大家都倾向于相信那样的一种直觉。

一般的耳朵总以洪亮悠扬为美，但是音色的层次却往往不仅于此，有的洪亮如钻石带了一点尖锐，有的如珍珠多了一丝甜美。悠扬是要如阳光般轻快，或是带有水声般的抒情？

如何能理解演奏家所要求的音色为何？若无法以生动正确的言语形容出来，那样的一种音色等于不存在。彼此是否对同样字汇有相似的体会，那是另一个需要克服的挑战。

身为调音师难免要有心理准备，偶尔就会碰到那种自认专业且不甘平凡的客户如此表述："要暗沉一点，阴郁一点，但是温暖，既包容又纤细……"他必须得忍住，不可以当场笑出声来。

旋律是可被记录的。演奏中的情绪铺陈与环节呼应是可以模仿的。唯有音色，它从来不能被定型。再完美的音色都无法持久。

更不用说，反复的击弦势必会让音色随着时间而不断地出现变化。但是大多数的人却宁愿永远停留在最初，类似于一见钟情的那份惊喜。

那些人想抓住的究竟是什么？

无论抽象的描述如何天马行空，调音师能做的其实不多。

主要就是以针刺法改变琴槌的软硬度，甚至将琴槌浸泡于化学液中，目的都是要造成它与弦接触时轻重有别的弹跳，加强或延长嗡嗡、锵锵或者是嘶嘶部分的比重，如此而已。

如果他们了解，为了满足他们的耳朵，琴槌必须付出千疮百孔的代价，那些钢琴的主人还会不会继续坚持？借由整形手术打造出所谓的完美情人，那种完美是否还具有任何独特性？

演奏者纯凭主观追寻的音色，会不会只是曾经在某处听过留下的记忆，而非真正发自内心的振动？而那份记忆，可能早已随着时间产生误差或扭曲，变成了某种幻觉？

如果我们还能找到一个与世隔绝的原始部落，让那里的人听见有生以来第一首钢琴的演奏，在他们心里被召唤出的欲望与想象又会是什么？

他们又将如何以语言形容他们所听到的声音？

我有极佳的耳朵判定音律，我有与生俱来超强的记谱能力，我也能够分辨音色中所有细微的差异，但吊诡的是，我却一直没有属于个人的音色偏好。

对一个根本不可能自己拥有一架钢琴的人来说，对钢琴音色挑三拣四不过就是自欺。

或许，这也是为何比起演奏家或钢琴老师，我一直认为调音师的工作会更适合我。因为，对于演奏者对音色的偏执与完美主义，我永远可以采取一种置身事外的态度。

调音的工作维系了我与外面世界起码的一点接触。

原本以为，能成为某人信任与倚赖的对象是幸福的。

但是，成为共犯与被信任，毕竟不是同一回事。

我被爱米丽一开始透露出的矛盾与复杂吸引，以为自己终于听见了那个与众不同的音色。

让我意外的是，在那件事之后，爱米丽并没有立刻取消我为她调音的服务。我继续不厌其烦地制造出各种音色供她参考，结果却让她更无法做出判断。最后她竟然反问：那你觉得呢？

我说，如今最好的方法是装一套全新的琴槌，然后就接受它。这架琴再搞下去就要毁了。

她对我的友好与接下来表现的无助，只会更加让我感觉到与她之间的不对等。我的卑微早已被识破，甚至连那男人再度上门时，她也从不屑为我做介绍。渐渐地我甚至怀疑，自己继续留下来的原因，不是为了她偶尔表现的温柔，而是为了看她如何被那个比她年轻的男人糟蹋。

她总会让我想起，多年以前被我用螺丝钉粗暴剜毁的那架史坦威。

让我无可自拔的沉陷无关性与爱，那是我对自己的憎恨。

故意在她面前表现出屈辱的可怜相，反倒无形中让我取得了某些优势，教她对我又嫌又怕，却又不得不视我为唯一的同盟。如果没有突如其来的那场癌症，我相信，那个留着马尾的男人最后也会不得不对我另眼相看，后悔之前在我面前没有表现得收敛一点……

一年后再上门，我伸出手指，在爱米丽的那架史坦威琴键上，按出了那个微微走音，嘶哑，充满了苍凉慈悲的琴声，当下我竟然被那音色震慑，仿佛听见有人在耳畔低声对我说：不要走。

究竟是谁被困在那架钢琴里面？

原来纽约的夜生活并不在赫赫有名的那些大道上。

走进已经像是边陲地带的哈德逊河边，眼前竟柳暗花明般出现了一条仍灯火通明的餐厅街。

为了看戏而没来得及吃晚餐的林桑，疲惫的神情在面对餐单时果然一扫而空。在纽约那一周,林桑总是会想要重访之前去过的餐厅。

可能只是一间大众食堂式的汉堡店,或是小巷中某间古旧楼里的希腊小馆,那晚散戏之后,他更兴冲冲地在晚上十点拖着我,好不容易找到这间据说有五十年历史的意大利家庭式餐馆。

就是要这种铺着红白格塑胶桌布,柜台后头坐着阿嬷在负责收钱的老店,口味才最地道呢!他说。

坐定点完餐,终于有机会问他,去费城都还顺利吗?他叹了口气,说孩子的继父,前妻再嫁的老公发现有肺癌,辞了工作正在家休养。

"很荒谬,是不是?我们都曾经以为,第二次不会再犯同样的错误了,但是结局却是……同病相怜?"

生意忙碌的餐馆里,只有我们这桌开始陷入无语。英语似乎是非常适合用来做背景配音的一种语言,桌与桌之间像是在排练着某出话剧似的,每个人都宛如熟悉自己台词与角色的职业演员。

我想起了刚刚在剧院开演前,林桑从我的小纪念品袋中抽走了其中一个。于是我又把整包东西从背包里取出来放在桌上，又再说一次，这些都是要送他的。

"猜猜我拿走的是什么？"林桑把手伸进外套口袋，"不准清点剩下的，直觉回答。"

我看着他握着谜底的拳头，突然莫名地感到惆怅。我摇摇头，跟自己说，也许我永远不想要知道。

见我没反应，他先是轻笑了几声，然后自己打开了手掌。原来，是一支小喇叭。"很意外你会想到送我这个东西。"他说。

第一次来纽约拓展市场，住的是从报纸广告找到的 sublet，短期转租，他记得那屋里的冰箱上就压满了这种从前没见过的小东西。他还研究了半天，如果引进国内会不会有商机。

"刚刚差点迟到，就因为我特别又绕过去，看了一眼那栋公寓。"他边说边继续把玩着手中的小东西。"虽然只住了一个月，但是我一直记得那小公寓里的陈设。"

"见过屋主吗？什么样的人？"我对林桑的回忆开始感兴趣。"什么时候的事啊？"

"快三十年前了。那时年轻刚创业，嫌日租旅馆太贵，有人才介绍我用这方法比较省。原本的租客是一个日本留学生，也是想省钱，回国度暑假不想白白付房租。很可爱的一个男孩子。他还会从日本寄卡片给我，关心我住得习不习惯……"

他若有所思地停了下来，视线突然从手心转移到我的脸上。

"这种 sublet 的做法在美国很普遍，不过真的有点奇怪，他们可以信任一个陌生人就这样搬进自己住处，睡他们的床，用他们的东西……我就像是在一个借来的家里，代替着某人，继续在里面生活着……"

无端抒发的一段感触，让人一时间不知如何接话。若不是角落的一个人影，突然在下一秒勾住了我的注意力，我或许早该察觉到，一趟费城之行让林桑陷入了心神不宁。

而接下来发生的事，只能说意外得让人措手不及。

坐在林桑身后面朝着我的那人，眼神不经意与我交错，却连一秒也没有多停留。他竟然对我毫无印象了。

我没有太惊讶，只是没有想到曼哈顿这么小。

他这天穿了一件芥末绿的外套，围了一条紫色的围巾，我以为只有过气的艺人才会做这么招摇的打扮。但是最让我印象深刻的还是他的单眼皮与马尾。当他走向收银机要结账时，突然朝我们这桌喊了一声："Douglas！"随即上前与林桑拥抱，并且以充满哀凄的声调连声说道："I'm so sorry…"

愣了一下我才明白，那不是在认罪道歉，而是对爱米丽的过世表达遗憾。

原来，林桑的英文名字叫道格拉斯？

那人如此自在地就跟林桑寒暄起来，全然不在意还有我这个知道内情的人，正冷眼旁观着他的表演。

从他们的互动看来，应是很久没见过面了。爱米丽的告别式不过才半年前。没有出席还好意思现在假惺惺致什么哀？我感觉一阵灼热从胸口嘶嘶直烧上脑门。几分钟前还在怀旧的林桑，此刻却已匆匆换上一副笑脸，拉那家伙过来坐下，忙着为我作介绍。

"这是爱米丽的学生，家伟——还是应该叫你

Gary？没想到会在这里碰到你！很久没回台湾了是吗？爱米丽教过几年初中音乐班，你不知道吧？家伟很优秀的，高中就当小留学生到了美国，最后是茱莉亚毕业的，主修的是钢琴，我没记错吧？"

是因为我换戴了贝雷帽吗？还是他只是在假装？不，应该只是因为我的卑微平凡，所以马尾男依然对我毫无好奇，面无表情地点了点头。

一瞬间闪过的疑惑来不及细想，眼前这两人的谈笑风生让我感到无比错乱。

爱米丽从没说过，他是她初中音乐班的学生。

如果，这不是她用来搪塞林桑的说法，那么两人的恋情究竟是何时开始的？是在她赴美留学两人重逢之后？还是，她选读了同是东岸的波士顿大学，就是为了就近维系这段不伦恋？

等到要向马尾男介绍我时，林桑竟然一下语塞了。要不就是他突然想不起我的名字，要不就是他不想解释，为什么会跟我出现在纽约。

过去这三个多月来，都是一对一相处居多，用"你"

彼此称呼就足够。靠通讯软件联络时，我的账户大头贴的昵称是"piano man"，钢琴人。对他而言，我的确像是一个没有名字的人。

音乐教室的未来尚无具体计划，如果不愿透露太多，尤其是对爱米丽生前的学生，那么如何介绍像我这样一个没有任何头衔或漂亮学历的人，委实会教林桑尴尬吧？

"这是我的 partner——"

空白了两秒后，林桑的目光突然从马尾男转到我脸上，仿佛他刚说出口的是一道考题，而非解答。

"Partner？——You mean 'business partner'，right？"

不懂马尾男为何一直坚持用英文，我明明听过他中文说得很流利。听见林桑用伙伴称呼我，他脸上忍不住流露出对林桑英文错误的嘲弄笑意，调侃他是不是不知道，这个词在纽约人口里常指的是同性伴侣？

"喔，原来是生意上的朋友，你们是不是有公事要谈？那我就不打扰了。"

原本就无心久坐，更不会在乎我究竟是谁，马尾男匆匆与林桑又交换了几句客套后便急着告退，在我看来根本是落荒而逃。

林桑怎么可能不懂 partner 这个单词的用法？连我都记得高中时候背过。不一定是商业合伙人或同居情侣，那个字最原始的意思就是，一个搭档。网球双打，桥牌同家，你都需要一个 partner。

被人搅局带来的愤怒与困惑着实一时难消，我尤其生气那家伙竟然用了那种挪揄轻佻的口吻，对我们开了不堪的同性恋玩笑。我跟林桑看起来怎么可能像是同性恋？！

"这个 Gary 看起来挺讨厌的！你看那身打扮，什么伴侣不伴侣的，他自己才是同性恋吧？"

"他不是。"林桑自顾平静地拿起刀叉，朝盘中久候的煎小牛肉动手。"同性恋就讨厌吗？我不懂你这个偏见哪里来的……"

林桑已经收起了脸上笑容，我却仍控制不住自己的嘴巴，也不明白为何在那当下就是有一种想激怒他的欲望。同时我的愤怒开始慢慢不自觉倾斜，林桑刚刚从头到尾笑不离口的表现，似乎比马尾男的敷衍更让我感觉受辱：

"一看就是个虚伪的家伙呀！为什么你要对这种假惺惺的人这么客气？撂什么英文？明明就会说中文！同性恋就是同性恋，需要摆出自以为是什么大明星的架子吗？"

"喔？你知道他会说中文？"

我没料到林桑真的有在听我满口胡言。"你不是说，他念到中学才出国的吗？你不要顾左右而言他——"

"他现在英文应该比中文更流利了。"

"你又知道了？这家伙——"

"你为什么对这个人这么有兴趣？"

林桑终于失去了耐性："那我告诉你，我不但非常清楚知道他不是同性恋。而且我还知道，他喜欢的是年纪比他大的女人。"

最后那句话让我终于住了嘴。

像是有一把锤子正敲中了我的额头，我迟钝地望着他，脑筋无法迅速反应，他是把这当成一个终结话题的玩笑，还是对我发出的一个警告？

没有愤怒也不带鄙夷，反倒像是怕我不相信他的话似的，突然那张脸显得极为诚恳。

在无言对望的那几秒里，我一直听见一堆嘈杂尖锐的音符，锵锵锵，锵锵锵，仿佛在餐馆看不见的角落里，有个淘气的孩子正在猛力敲打着一台玩具钢琴，不把那琴敲到崩解誓不罢休似的。

也许爱米丽曾对情人透露过什么她婚姻里无法向外人道的？

如果马尾男的调侃不是无的放矢？

自以为掌握了他们婚姻中的秘密，结果有无可能，他们之间从来没有秘密？以婚姻关系彼此掩护并不值得大惊小怪。

我几乎开始怀疑，这是悲伤的爱米丽在另一个次元所设计的恶作剧。怎么会如此之巧，在好几百万人的纽约市里，偏跟马尾男撞个正着？

神用音乐把灵魂骗进肉体里，钢琴家说。

灵魂本来是平等的，但是肉体不是，所以在人的世界里，唯一的平等，只有靠艺术来完成。

钢琴家曾为那个故事所补上的注解，突然又浮上心头。在他离世之前，仍然是这样相信的吗？

耳朵被音乐满足了，但是其他的感官却仍嚣闹不休。如果拿掉了肉体，我、钢琴家、爱米丽、林桑、邱老师……我们会活在怎样的世界里？我们的相遇是否就是完全不同的故事？

钢琴家那时的痛苦我终于能体会。他征服了钢琴，征服了乐迷的耳朵，却驯服不了自己的肉体。肉体只能用残忍野蛮的方式去满足它。

然后是我先移开目光，后悔自己刚才的失态，忙离座说要去一下洗手间。事实上我只是站在厕所门外，看着其他客人不停进进出出，等待自己重新调整早已混乱急促的呼吸。

留在位子上，那个面对着餐桌另一方空无一人的侧影，也将是我未来的写照吗？

隔着廉价的塑胶花架偷望出去，只见他拿起了我搁在桌上的那袋纪念品，将之前被他握在手里的那件小东西丢了进去，然后把那整包卷了卷，放在自己身旁搭着大衣的空位上。

像他这种什么都不缺的人，特别容易被这种不值钱的小礼物打动。但是我并未因他收下的这个动作感觉安慰，反倒是心中涌起一种无法形容的难堪，一股难抑的冲动，让我几乎想夺回那袋东西全部拿去丢掉。

当初被骗进肉体里的灵魂们，难道不会想要彼此互换这副无谓又脆弱的空壳？

如果林桑的灵魂配上的是钢琴家的肉体，或者，我的灵魂进入的是一具金发碧眼的身躯，所有的遗憾，是不是都不会发生了？

等我一回座林桑便说，想讨论一下明天最后一站，去布朗区的那间钢琴仓库的行程。

他的神情一如我们刚走进餐厅时那样的从容平静，仿佛什么事都没发生。我反问他，是否真的觉得音乐教室的转型计划可行，否则多跑这一趟也没有意义。

他好像没明白我的意思，竟然回答不管怎样，先回旅馆休息，明天早去早回。

我无奈地点点头挤出一个微笑。

等他买完单，两人走到了餐厅门口，我看到外头的景象与进门时已判若两个时空，忍不住脱口喊出：Oh My God！

林桑先是不解，等看到我望着玻璃门外天空的眼神，立刻会意地笑了出来：从来没看过雪喔？

片片雪花不是像儿时卡通片里看见的那种缓缓飘落，而是在栉比鳞次的高楼间，在阵阵涡旋强风中发了疯似的四处奔窜。

路灯照出了它们的影子，小小的黑点与大片落地的白，如同打碎了的黑键与白键。

在雪尚未从天而降之前，它知道自己会成为雪吗？

我幻想着自己与那些雪花在曼哈顿的上空旋转飞舞，瞪着天空发傻。

它曾以为自己是雨滴，还是冰雹？也许曾梦见自己成为霰，或成为彩虹的背景？

直到某天，它张开羽翼迎接地面，才发现自己成为了雪？

陌生的城市与陌生的雪。

两个在快雪疾飞中踽踽并肩的人，踩在地面薄雪上的脚步声，参差错落像是不需要琴弦的合奏。一路慢慢步行回到了饭店，看见工作人员正忙着撒盐与铲雪，饭店门口很快便清理成为之前的样子。

也许是太过激动造成了耳鸣，更或许是，大雪纷飞并非全然空寂。

我隐约听到了飘浮在空中那个持续不断的低音，犹如僧侣虔敬梵唱时所发出的共鸣。

进门前我再一次抬头仰望，满天的飘雪给了天空另一幅繁星密布的星图景象，没注意身边多出了一双手，正在为我拍去外套上镶满的碎雪。

明早八点大厅见？

我点点头。

如同在这个城市街角经常会上演的晚安道别，在门对门的房间外，我快速拥抱了一下对方，然后转过身掏出自己的房卡。

10

舞台上，里赫特缓缓起身，面对着台下观众微微前倾颔首，全场一片宁静。

没有人敢破坏了这如此肃穆又心神激荡的一刻。

一生不爱接受采访的他，晚年罕见地接受了法国导演蒙桑容为他拍摄纪录片的计划。定名为 *The Enigma* 的这部电影在里赫特去世的次年推出，终于让千万粉丝看到舞台下更真实的音乐大师。

他自成一个世界，隐秘而闪耀。导演蒙桑容如此形容：他朴素地演奏，他全然自由。

当真如此吗？片名不也在暗示，他是谜样的人物，没有人能真正看清？第一次在 YouTube 上搜寻到这部上传的影片时，几乎忍不住想要脱口而出：你觉得呢？

可惜早逝的钢琴家无法看到这部影片。

我却无法停止想象，若他也跟我一起观赏的话，会出现怎样的反应？看到老迈的大师，像是知道自己大限不远似的刻意留下纪录，会不会反而庆幸，自己不必面对发秃齿摇的这一天，还想要为自己澄清什么？

尤其是当看到里赫特描述与终身"伴侣"，歌唱家妮娜·多利亚克那一段的时候。

没有热烈追求或一见钟情这类的恋爱史。大师只说，第一次听到妮娜的歌声就印象深刻。然后镜头就跳到同样也已枯瘦憔悴的妮娜。

他有一天来找我，问我愿不愿意跟他合开音乐会？她说。他那时已经很有名了，我就回说，是一半钢琴演奏，一半演唱这样吗？没想到他的意思是，他为我伴奏。

就这样。他以乐坛明星的地位，担任她的伴奏。

四十年后的妮娜说到这里，仍然是那样受宠若惊又难掩喜不自胜。

声音再接回里赫特：一九四六年，我搬进了她的公寓。在那之前，我居无定所，住在公家单位宿舍，还要跟另一家人共挤。

完美的搭档，终生的伙伴，妮娜在里赫特去世后没几个月也离开了人间。虽然携手到死，他们并没有正式的婚姻关系。仿佛同居让自己的生活品质改善，是如此理所当然。

外界公认他与妮娜之间是"精神上"的结合，其余留给大家自行解读。

然后纪录片来到如何挑选钢琴这个问题。

竟然，大师向来虚弱慵懒的语气，这时出现了少见的激动：我不懂得如何挑钢琴，从来不会！我到美国演奏，他们让我挑琴，整整一打的钢琴！就是因为这样反而害我弹不好！

自己挑琴是对演奏有害的。挑琴就像选择命运，越试越糟。

挑琴是调音师的工作。就像圣彼得，心诚就能在水上走，心不诚就会沉没。有时我反而在很糟的琴上弹得异常出色！

多么自信，也多么任性！

但是显然问话者也听出了矛盾，他不是不挑，而是不懂如何挑选；甚至可以说，他惧怕自己做出那个选择。于是访问者锲而不舍，继续追问：

你想要弹什么样的琴？

像是被侦讯的嫌犯，终于不经意就吐露了实情："我想要的总是没有。"无奈的口气，仿佛所指已并非钢琴一事，而更像是随即准备赤裸自己灵魂中某种求之不得所烧灼出的空洞。

然后大师很快又恢复了镇定，不慌不忙地补充：关键是音色。山叶钢琴就有那样的音色。"极弱"，pianissimo。最动人的音色不是极强，而是那种极微的极微的弱音……

确实在晚年巡回演奏时，他总自备一架山叶钢琴托运随行，仿佛这是唯一能消解要他挑琴恐惧的方式。

也因此，痛恨搭飞机出国巡回的他，竟然前后前往日本演奏八次之多。

但若仔细推敲，会发觉这样的自白仍是前后矛盾。从什么时候开始，他不再有"不管琴有多烂，我也可以弹得很好"的满不在乎了？

难道说，那种自信只是一种伪装？只是因为当年曾经有一位他极度信任的调音师在为他挑琴？尔后迫不得已，除了山叶不再考虑其他，只是因为那位调音师已经离开了身边？

喂！你不是也说过，一定要有那位奥地利的调音师到场，你才敢上台？我对着身边假想的钢琴家大喊了一声。

在"想要的总是没有"与"从来不懂得如何挑选"之间，毕竟还是得做出抉择。

芸芸众生，不也如同各家各款的钢琴，令人眼花缭乱？

那么你说说看，究竟是里赫特从茫茫人海里选出了妮娜，还是妮娜挑中了里赫特？

没有开灯摸下床，在黑暗中走向窗边拉开垂幕。看见雪势仍大，索性就让帘幕开着，整窗的雪于是成为房间里悬放的一幅画。盯着看久了，开始觉得微微的眩晕，恍惚中那不断不断飞旋的雪片成为了千军万马，好像随时都将冲破窗面，粉身碎骨在所不惜。

雪并非永远那么轻盈，它原来也可以如此雷霆万钧。

如今回想起来，这竟是我对纽约最难忘的印象。此外的一切，太多都已混杂了先入为主的道听途说与想象植入。

这个失眠的夜晚，不光是由于脑中反复播放着马尾男在餐厅的那些言行。片片段段，似乎还有什么未完的牵牵绊绊。更因为某个幽灵又再度出现。

是的，除了"幽灵"这个词，已没有更好的形容。

原本前一晚该是跟林桑终于又能饮酒谈心的时刻。我怀念在台北与他经常去的小酒馆。自从成为了合伙人，我们甚少除了讨论生意之外的对话。

思前想后，撞见马尾男也不尽然是灾难。我只好这样安抚自己。

马尾男的误入，让这些日子以来因悬念而生的紧绷总算解除。不用再为爱米丽守住任何秘密了，不必在林桑身边总觉得自己只是跟班了。甚至，终于可以让我对爱米丽说一句：消失吧，珍重！如果你看得到这些日子以来我为林桑所做的这一切……

随着马尾男被我努力永远抛到脑后，我开始意识到，爱米丽也正一步步在我的记忆中扭曲碎解。坐回床上打开笔电，戴上蓝牙，让好久没听的拉赫玛尼诺夫陪伴我，开始随意地浏览一些钢琴买卖相关的网页。这时，荧幕角落突然闪出了一个邮件通知的小视窗，竟是邱老师发来的信件。

亲爱的孩子：

　　打包整理得差不多了，和你师丈后天就要离开台湾了。

　　那日看到你真的非常开心，其实之前也拨过电话留话，大概是令堂忘记转达。能赶在离开前终于与你取得联系，也算放下我心中的一个挂念。

看到"孩子"这两字，莞尔之余也不免有些惆怅。

算算时差，想象着邱老师在午后的书房里，戴着老花眼镜，速度缓慢地敲下这些字句，最后告辞时被我刻意压抑的离别不舍终于浮出水面。那天的我被太多莫名的情绪拉扯，如今只能怀着对老师歉疚的心情，继续往下读。

二十多年不见了，你我都有了相当多的改变。知道你并没有放弃钢琴，我也很欣慰。那时你才小学二年级，放学下课后我还逼着你留下，还记得吗？

回想起来，我那时也不过是一个才从音乐系刚毕业的年轻人，换作是今天，对于如何教育一个这么有音乐天分的孩子，我或许会有不同的做法。多年来我为此事依然感到有点抱歉，也有点忧虑：当年没有经验的我，做法可有欠妥当？可曾对你造成负面的影响？

有些话当面实在说不清楚，所以又多事写了这封信。二十多岁的我，内心里对你的天分与才华，其实是既羡慕又带着些忌妒的，但是能作为你的启蒙老师，我感到十分骄傲。那时的我已隐约知道，成为演奏家这条路是离我越来越远了。但是因为你的出现，让我心中的梦想又再度点燃。只是，当时年轻如我，又怎能真正了解梦想的意义究竟是什么？

长发婉约，总是轻声细语的老师，从时光的另一头朝我走来。不，不是你。我在心里喃喃低声重复着。对我造成伤害的不是你，不是你——

我拔掉了耳中的蓝牙，望向大雪纷飞的窗景，深吸了一口气。

这些年我常跟我系上的同学说，梦想不是要去追逐的，也不是要你去拥有或征服的。它像是你的良心，你心里最真的旋律，而非身外之物。

许多年轻人说要追梦筑梦，订下了一个个计划，然后有的达成了，有的没有，那些曾经所谓的梦想，也就一个个成为现实里的某笔记录罢了。

千万别误会，老师不是在教训你。我现在已经没有资格做你的音乐老师了，恐怕你后来的造诣都已经超越了我。我只是想跟你分享一些我这二十多年来的体会，可以吗？

既然都说到这里了，我想再跟你说一个连你师丈都不知道的秘密。

（笑）

原本泪水已经在眼眶中打转，这时却又诧异得讪笑了几声。果然没错呀！每个婚姻里都有秘密，竟然像邱老师这么正直阳光的人也不例外？

老师三十岁那年第二次出国深造，虽然后来顺利地拿到了一个音乐教育博士的学位，但是当中却经历了一段无人知晓的彷徨。单身在异乡特别容易感到孤独，于是我陷入了一段昏了头的热恋，与一个西班牙裔怀抱着演员梦的男子。九二年的夏天，我们决定搬去纽约，当时的我突然觉得，这是我的梦想，与一个相爱的人共度一生，等了这么多年，终于碰到了这个男人。为了他，我当时宁愿放弃还在修课的博士学位。

老师其实不是你想象中那样的一板一眼，也有勇敢追求爱情的时候呢！

哈，好样儿的！读到这儿忍不住在大腿上击了一响，但随即又被一股隐约的落寞笼罩，笑意顿时僵在了嘴角。没想到，连邱老师都曾经有过一段刻骨铭心——

我们在纽约住了半年，我白天在华人社区教钢琴，晚上在格林尼治村的小酒吧里当琴手，为了客人的点歌小费，还学了许多以前都不知道的百老汇歌曲。男友虽然不断地试镜被打回票，但是他仍然不放弃，就像纽约许多的演员那样，在餐厅里一面当侍者，一面等待着机会。

一开始的确感到又新奇又幸福。从小到大，我都是人人眼中的品学兼优，虽然没能成为一个知名的演奏家，但是未来能成为一个教授也还是优秀上进。我以为我在"为自己而活"了，抛开那些世俗了，但是半年之后，我跟男友之间开始常为钱的事情争吵，发现原来梦想达成之后，依然还是柴米油盐。

你一定还记得 Joseph，我曾让你拜师的那个钢琴家吧？在纽约跟他又联络上了以后，才发现他生了重病。在他过世前几个月的某一个晚上，我陪着他一起听着他当年音乐金童时期录制的演奏专辑，他突然问我：

你觉得你的家到底在哪里？

我被他问住了。在那一刻我发现，自己竟对那些为了难深的古典乐而埋头苦练的日子仍有怀念。走在灯火辉煌的百老汇路上，看着形形色色来此逐梦的人，我渐渐体会到，人生不是非黑即白，所谓的梦想，有太多是要靠天时地利人和。

真正的梦想，是在你最无助彷徨的时候，又拉了你一把的那个力量。Joseph 过世后，这样的感触尤深。

啰唆了这一堆，老师只是想告诉你，我既没

有后悔那段纽约出走，也没有遗憾自己为何没有更高的天分。选择了家庭，选择了回到台湾，我做出这些未必是更上层楼的选择，但却是最符合自己心里那首旋律的。

请不要介意，老师那天问你有没有遇到合适的人。老师不是在打探你的隐私，只是从小看你长大，有些事旁观者看得比较明白。你应当是有些感情上的困扰吧？那天看起来魂不守舍的。当年老师都没在怕了，你也可以潇洒一点。不用怕，人生本就是来来去去，你是一个有梦想陪伴的人，它一定会在必要时候出现，帮你找回你的主旋律。

调音师这个工作很有挑战性，只是你在起步阶段，收入恐怕不稳定。

老师会支援你，帮你介绍客户。我已经跟我们学校的音乐厅主任说了，或许可以请你担任"驻厅调音师"，专门负责那两座演出用的平台钢琴。

喔，应该是三座，我忘了还有那座外形有点损伤比较少用的史坦威。那是Joseph去世前捐赠给我们学校的。那时候他——

没法再读下去，房间内的暖气燥闷得让我快要无法喘气。

打开窗户，那些发了疯似的大雪部队挟着冰冻的空气，瞬间便呼啸着涌了进来。一半寒冬，一半酷暑，我就这样呆立在两军的交界失了神。

在这么多年后，当真正的雪终于落在我身上的这一晚——

是谁释放出了钢琴里的那个幽灵，让它天涯海角又找到了我？

11

    次日上午降雪仍未止，林桑临时决定不搭火车，改租车驶往曼哈顿最北端的布朗区。一路上我们几乎都没有交谈，除了不时就听见林桑咳嗽两声。

    没睡好，有点着凉了，他说。

    经过昨晚的意外插曲，一整夜没睡好在辗转反侧、思前想后的，原来不是只有我而已。

    爱米丽果真已如一阵风般，从我和他之间吹拂而过了吗？不再有她处在我们之间扮演那隐形的桥梁，我们竟有如在等候电脑重新开机般，路途中只有默默地注视着雨刷扫雪的规律摆动。

直到听见林桑突然开口。

后天你自己先回台北，可以吗？我想再多留一段时间。

我克制着不显露出讶异，内心仍不免因为这样被轻率告知而感到有些难堪。有钱人都是这样任性不可预测吗？

我那个儿子，你知道的，明年要念大学了。那个男的现在正重病，我前妻说，恐怕不乐观，也许六个月，或更短？——

一路上小小空间里壅塞的沉默，早就让我有了心理准备。也许这不是一个问号，我已隐约感觉他接下来似乎想要宣布什么事。

接下来的日子对他们母子都不好过，我更担心我那个儿子，等他上大学以后我们能相处的机会就更少了。我这个做父亲的……唉，不说也罢，扪心自问真的不够尽责。

雨刷倒是一直很尽职地在扫去挡风玻璃上的落雪，停顿的片刻里，只剩下那规律的咯吱、咯吱，像跳针的黑胶唱片。关心儿子，担心接下来那个家庭可能会顿失依靠，这样的考虑完全合情合理，有什么好跟我解释的呢？

你对未来有什么打算？如果，我们的计划先暂停的话？——

果然。

总是委婉地先用关心的口吻，对将被革职的人表达自己的立场危难。虽然，他只是口头上称我为partner。虽然我们还没有正式的雇主与员工关系。我们到底现在是什么关系，需要他用这样戒慎抱歉的口吻？

你都这样决定了，我们为什么今天还要跑这一趟？我忍不住终于开了口。

我说的是暂停。给我一年的时间，让我弥补一下儿子。所以我才要跟你讨论，接下来这一年，你有什么计划？——

原来这就是他失眠的原因？在被留马尾的那家伙暗讽之后，终于张开了眼睛，发现我不过是这样一个货色，怎可以继续摆在身边？

如果你觉得可以，我让你自己放手去经营都没问题。我把我们考虑过的那几架钢琴都记下来了，我随时可以下单。但是，如果你觉得到此为止就好，我也能理解——说真的，我一直没法确定，你到底是怎么想的？——只是为了帮我一个忙吗？真的想要进这一行吗？或者——

或者什么？我话到嘴边却没勇气继续问下去，怕他说出那些我们之前坚持的自欺。

如果把 partner 那个字眼去性别、去情欲、去铜臭之后，剩下的两个人会是怎样的一种关系？

为什么是我？怎么会是我？难道他不希望他的 partner 是一个更带得出去、更见过世面的角色？

他下一刻干脆方向盘一转开到了路边停下，把车熄了火。

你最近让我很困惑，你跟我刚认识的时候是同一个人吗？以前觉得你沉着稳重，但是昨天晚上在餐厅里，你是怎么回事？

虽已听出林桑语气中的情绪，我却仍然紧闭着嘴，直视着前方。

不过这跟我们的讨论无关。我只是想提醒你，一旦我们成为合伙人，你也要开始独当一面，不再只是帮钢琴调调音就好了，你究竟有没有这样的认知？所以我说，你可以回台北之后就开始筹备，或者就等我把我儿子的事情处理完。如果你真的觉得应付不来，那也 OK。反正音乐教室是一定要结束的，我可以另想办法……

一步步把我推到这个位置，如今却又说是我的问题。他显然已不记得，三个月前的他是在一个什么样的颓废状态了。觉得半夜屋里的钢琴会自己发出声音，觉得自己已经没有朋友，难道这些是我想象出来的？而不是他亲口在小酒馆里对我说的？

如果，我也留下来，我们都留在纽约呢？那样的话，是不是我们终于都可以自由了？……

　　走到了这一步，再做任何提议只会显得自己卑贱。

　　明明应该觉得松了一口气的，终于可以下台鞠躬了，没想到我的心中满是惶然的琴键乱响。难道，我又再一次地一厢情愿，自作多情？忙着帮人整音调律，到头来自己却成了一架被人任意修改弦槌的二手琴。

　　不愿被看出自己的心思紊乱，我终于打破沉默，开始侃侃而谈。先是问他知不知湖北宜昌如今钢琴制造业是多么著名，还研发出各种新的制琴技术，再说到那里正需要大量的整音师，我可以从头学起，也许有朝一日就可以成为国际等级的技师——

　　这并非临时胡诌出来的一番遮羞说辞，半年前的我确实曾有过这样的计划。只是不知道为何，这一刻要在林桑面前说出口，竟然变得难以启齿。

　　对他而言，随处都是峰回路转，错了大不了就重来，从来都不会想到别人的每一步要负担什么样的代价与风险吗？

车子在一座看似荒废经年的十九世纪古庄园前停下。铁丝网围起的隔篱上挂着一块小木板，上面仅简单写着"钢琴销售"，难以想象这个地址是纽约州最大的一座二手钢琴集散地。

两百公尺外便是那座巨大的仓库，我注意到在那建筑物旁还有一栋厂房，顶端有一具烟囱，正冒出阵阵黑烟。

让我想一想，我说，后天上飞机前，我会做出个决定。

人生有太多的烦扰，世事纷杂。

我厌恶自己，就是这样。

《里赫特：谜》全片最后竟然就在大师这几句话中收场，不免扫兴。

好在你永远不会老，不用明白老去是一件多么孤独的事。

也许我根本也成不了一个伟大的调音师。

我与伟大之间最近的距离不过就是，我也厌恶自己，如此而已。

在仓库门口接待我们的是老板的儿子卡尔，家族经营的第三代，圆胖的一个犹太人。他在商言商的口才十分便给，一见面就直接解释了他的货源。通常是在拍卖会上取得，有的则来自收摊退出钢琴买卖的同业店，或是破产工厂的债权人把存货全部低价卖给他。每年在他这里进出的钢琴有七八百架，都是用货柜从全世界进口来此。

"当然，也会有零星的钢琴急着脱手，多半在邻近几个州，他们得自己想办法把东西运来。"卡尔说到这里朝我们挤了挤眼，做出一副莫可奈何但又难掩暗喜的鬼脸：

"有时真的会让人非常傻眼，那些父母死后等着清屋卖房的子女，或是离婚分产的夫妻，他们是多么迫不及待地把一架美好的钢琴贱价出手。一台乌木直立式钢琴只花了我两百块，你能相信吗？当初那些钢琴，不都是在赞叹与喜悦的欢呼中被搬进屋子里的吗？"

往仓库走去的路上，先穿过一道铁门，过道上堆满了被拆卸下来的钢琴内部，铁骨层层堆叠，刚从某些残骸挖出的琴槌，键盘与音响板随意地靠在墙边，走过之处必有烟尘扬起。

我问起隔壁屋顶的烟囱是怎么回事。

卡尔语气平常地边说边挥挥手："喔，我们尽量从旧货中采集有用的零件，为其他外观状态良好的钢琴做修补。没用的零件就先放这里。像这些不可燃的，最后都会被当垃圾掩埋。被拆完损坏的钢琴琴体最后就丢进炉子里烧掉。我这么大的一个仓库空间，冬天暖气如果是用电或用煤油，都开销太大了。喏，那头就是炉口。只能用烧掉那些钢琴来保持温度，好让其他钢琴有再一次存活的机会。"

我的眼前浮现了一架架钢琴在火舌中蜷曲焦黑的画面。

这里与曼哈顿中城的那些漂亮的店面犹如天壤之别。那些店里陈设的二手钢琴，有多少曾经被送进像这样的一座集中营，一间疯人院般的隔离牢房？

虽然焚化场在拱门的另一头，但是我仿佛仍能听见那哔剥焦裂的燃烧。

仅靠燃烧废琴提供的暖气显然不足以维持仓库内的温度。跟着卡尔穿过一道又一道门，不时有寒气从脚下阵阵窜身。

走完最后一段拱廊，尽头是一道向下的阶梯，当我在梯前站定脚步，占地有两个篮球场大的仓库赫然毕现。

没有窗户，只有几盏幽暗的灯光，照出了一整片钢琴遗骸四处飘流的灰尘之海。上百架等待被处置的旧钢琴，有的被拆了琴箱，有的缺了音响板，有的仍被包覆在肮脏的气泡垫中，一副战战兢兢生死未卜的可怜相。

我想到不见天日的奴隶船上，那些奄奄一息的求救眼光。

失去琴盖的，断腿的，被清空内脏的，还有那一组组堆放的击弦系统，一束束从内脏清空出来的铜弦，如同少了血肉保护的神经挂在墙上，还会簌簌在抖动着。如同恐怖电影中的地窖，这些钢琴全是某个丧心病狂从各地掳获的人质，之后只能任凭割剐。除了少数几架状态良好可以轻易转卖之外，其他这些钢琴最后不是被五马分尸，就是被重新拼组。再造后的钢琴，会觉得自己像是精神分裂患者吗？

林桑与卡尔早已走到了仓库的另一角，对着靠墙斜放的一整排雕花木板不知在讨论什么。

细致的枫，典雅的黑檀，坚实的桃花心，沉稳的桦，它们一片片排列的画面，让人联想到命运的骨牌，正等待着被翻掀。

面对着这座大型的钢琴坟场，我所感受到的不是惊骇或悲伤，反倒像是一头鲸鱼，终于找到了垂死同伴聚集的那座荒岛，有种相见恨晚的喜悦。

已经记不得从什么时候开始，我便一直会听到，从某个地方传来这些残破遗骸的召唤。这一天到底成真了，我终于找到了这个所在与它们相会。

从它们争先恐后拥上包围的阵群中，我努力找出可通行的崎岖小道。

就快了，就要解脱了……

我在心里以最温柔的语调，化身慰问战场上伤兵的特蕾莎修女那样，为两旁面目全非的钢琴们一一祝祷。

你们这一生都在为人类的虚荣与庸俗服务，你们的辛苦我都懂得……

几世纪来能够真正被天才乐圣加持过的幸运儿屈指可数，绝大多数的你们都枉费了……将心比心，我的人生与你们其实相去不远……对了，好像还没提过，我并没有从音乐系毕业这件事？……

他们把我退学的理由是说，我某晚潜入学校的音乐教室，用盐酸毁掉了四台校龄悠久的钢琴。但是他们所说的罪行我一点印象都没有！

我唯一伤害过的，只有那台史坦威。

如果那时知道，被损毁的钢琴最后有可能会被送进这样的地方，我是绝对下不了手的！我怎么会是钢琴的刽子手？我是一个调音师！调音师的工作就是尽可能帮你们遮掩缺点，把你们打理得动人讨喜，好让你们有人珍惜有人爱，我怎么可能——

不是我！不是我！不是我！

我突然被自己的怒号震得眼冒金星。模糊的视线中，林桑与卡尔正惊慌地直朝我奔来。

直到那一刻才发现，自己手上握着不知哪里来的一把榔头，低头看见脚旁躺着一座断了腿的老旧钢琴，琴盖不知被何人砸成了一堆木条。

被几个工人壮汉架着扔出了门外，事后想起来还真是一件丢脸的事。

我至今仍然不知道整件事是怎么发生的。听林桑说他最后赔了那个犹太人五百美元了事。但是我有印象，在停车场我语无伦次地一直跟林桑道歉：我想我不能……我不能……帮你了……对不起我真的没办法，真的……

林桑起初都没作声，突然下一秒他大喊了一声我的名字："胡、以、鲁！"然后环臂抱住了已经接近歇斯底里而全身无法停止哆嗦的我。

他那个带了点闽南语腔调的发音，乍听仿佛喊出了一句日语，欧伊势还是卡娃依之类的。意识到原来他是在叫我，一时间我不知该痛哭还是爆笑。

　　我虚弱地靠在林桑的肩头，发现同时都穿着黑衣的我俩，站在被一夜白雪覆盖着的空地上，好像坏掉的两根黑键。

　　黑键只能隔着缝隙相邻，从来无法像白键那样并靠在一起，不是吗？

　　然后我听见林桑从口袋里掏出了一串钥匙。

　　"在我回去之前，你要帮我好好照顾家里的那架钢琴，可以答应我吗？"

　　望着他手心，我想起了某个约定留下的痛，在很久以前。

1 2

一九九九年，日本 NHK 电视台夜间冷门时段，一个仅三十分钟的音乐节目中，某次介绍了一位名不见经传、年届七十的老妪钢琴家。一九三二年出生于德国柏林的藤子海敏，父亲是俄籍瑞典画家及建筑师，母亲是留德的钢琴教师。五岁时举家迁回日本，但父亲却因为不习惯日本生活，抛下母子三人独自返回瑞典。一九六一年，藤子终于也获得了前往德国进修的机会，结果在异乡因一场感冒造成听力受损，只能中途放弃。

她一个人在海外漂流了三十多年，一九九五年才终于悄悄返回日本，以教琴维生。没想到这个平常没什么人注意的节目，播出后引起广大的回响。这个奇装异服的混血老妇人，既神秘又令人感到哀伤。

　　几个月后她发行了第一张演奏专辑，创下奇迹式的销售纪录，短短三个月就卖出了三十万张。

　　知道你对她的琴艺一定不以为然。就是典型老派学院的中规中矩嘛，并无惊人之处，你会说。

　　先别管这个了，我只是想用这个例子告诉你，你缺席后的时代是如何转变的。

　　琴技再出类拔萃，比不上一个有故事的人。你们这一代的音乐家肯定没料到，风烛残年的逆势崛起，竟会比光芒四射的神童更吸引目光。

　　古尔德如果还在世，又会有什么抱怨？

　　他认为录音专辑才是王道，拒绝再公开演奏。但是他忘了，在他的年代，若不是先有了演奏会的成功，谁又会注意到他的唱片呢？

这位女士才是彻底实践了他的主张，完全省略了演奏会这一步，就直接成为传奇。要不是因为进入了二十一世纪，出现网路的推波助澜，一个冷门节目竟被一再转传，老妇弹奏李斯特的乐章终将被埋没在众声喧哗里。

如今她的专辑总销售量已突破一百五十万张。莫名其妙地被幸运之神挑中，专辑热卖之后，接下来二十年间她马不停蹄地在全世界举行演奏会，仿佛这才能真正证明，自己存在过的事实。

已年近九十的她，在巴黎、柏林、东京、纽约都购置了住所，依旧独来独往，依旧神情淡漠，似乎早习惯了四处为家。

从未结婚，甚至宣称也不曾真正谈过恋爱，大半生漂泊的寂寞到底是怎么度过的，只有她自己知道。

如果肉身尚存，Joseph，你会希望自己是以这样的方式老去吗？

还是俯首承认，这样的强悍，你望尘莫及？

她简直就像一般人心目中的古典乐被具体形象化了。古老，蹒跚，固执，疯狂，莫测高深。这么多人会对她着迷不是没有原因。

也许我们都忽略了暗藏在古典乐里的黑色幽默。

一个聋子，在两百年前的某个暗夜，突然雄心壮志想要谱出命运交响的乐章，这个想法会不会令他自己都想要笑出声来？会不会整部交响乐其实是在他一路狂笑怪叫的疯癫状态下完成的？

然而到了舞台上，每位演奏者却都正襟危坐，极度专注冷静地想要掌控每个音符，不容许半点差错。

讽刺的是，每场演出的那当下，也是命运最不受控的时刻。

它总在你无意识的情况下悄悄地改变了原来路径。有人开始平步青云，有人节节落入谷底。但究竟是在第几个小节，突然引来命运之神的侧目？所有的后见之明，恐怕也都只是拼图上不小心掉落的碎片，于事无补。

隐隐有感，就在我扮演叙述者的过程中，命运也对我做了同样的鸟事。

身为一个调音师，并不懂得后设解构谐拟的那些门道，我不过尝试就我所记得的，把来龙去脉做个交代。如果因此就惊动了命运，那也是莫可奈何的事。之后，命运将会对我如何重新评估，我也只能静候宣判。

我所知的也仅止于此。

对了，该不会有人认为，任凭那架史坦威在空屋中荒废，是违背一个调音师该有的职业良心吧？

相信我，它一定会找到一个新的调音师的。

就像你的史坦威，尽管晚了二十五年，最后还是来到了我面前。

若是你有机会在另一个世界碰到里赫特，能不能帮我跟他说：我懂了，他的厌恶自己跟我的自厌，到底差别在哪里。

自我，是凡夫俗子永远的那块不足。对他来说，却不过是累赘的幻觉。

你，又是哪一种？

盯着琴谱，花了两个小时，总算把舒伯特《第十八号钢琴奏鸣曲》D894从头到尾摸过了一遍。停下来拿起铅笔在琴谱上做了几个记号，准备从头再试，我的手指却自作主张，即兴来了一段流畅轻快的小曲。

　　"男孩看见野玫瑰，荒地上的玫瑰。"小学二年级的我跟着老师的伴奏，满心喜悦与全班高声齐唱，纯真的童音顿时照亮了整间音乐教室。下课后我独自留下，被老师听见我已学会如何弹出全曲和弦的，正是这一首。

　　一个梅毒缠身、潦倒无名的小矮子，怎么会写下这样带着露水般透亮的旋律？岁月的风吹起涟漪，我闭起眼睛，让自己静下心，然后就在黑暗中让双手找到琴键的位置，按下了奏鸣曲的第一个音符。

　　接下来的，就当作是最后送给这个故事的安可曲吧——

　　虽然我知道，会不吝起身为我热烈鼓掌的，恐怕也只有你而已。

这里是位于莫斯科市内一栋大楼的第十六层。

离开了纽约，我既没有直接飞回台北，也非降落在湖北宜昌，而是决定去寻找里赫特的故居。

飘着细雪的午后，本以为能够拜访两人最早同居的那间小公寓，结果可供参观的故居只有这里。一九七一年他与妮娜迁居于此，这栋专门配给艺术家居住的新建公家大楼。

既然没有正式登记结婚，政府分配给他们的是两个单位。两户中间打通，却仍保留住独立出入的大门。

付了五百卢布，等看门的阿嬷通知会说英语的导览员，引我从左手边的大门进入。若不是事先被告知，还真看不出走进的这户曾是谁的住处。

除了生前也做教学之用的书房，里面还挂有妮娜的画像，与放置了一台落漆的贝克特钢琴之外，她的家里如今几乎看不见她生活过的痕迹。

卧房里的家具都被清空了，墙上挂满了里赫特的画作，让乐迷有机会见识到他的多才多艺。餐厅也用来展示里赫特的童年物品，还有他母亲的日记："我知道这孩子一定是个天才！"走近端详墙上挂着的一幅

175

蜡笔画，色彩鲜艳活泼，童年的大师画的是为自己创作的音乐剧所设计的宣传海报。

本以为能至少感受到那么一丝生活的日常，结果眼前尽是刻意安排的摆设。据导览员说，这些可都是妮娜劳心劳力，花了好多年时间才帮里赫特搜集整理出来的呢!

从餐厅步出，来到两个门牌中间打通的地带。两边的客厅加上里赫特这边的餐厅，合并后成为了这间明亮宽敞的琴室，在他生前还可供小型演奏会之用。不对等的空间分配似乎早在两人在世时便是如此。一直是如此。妮娜教唱仍在她小小的书房，里赫特练琴则拥有专属的大琴室。

既然餐厅被打掉了，那么他还是得回到妮娜那边去吃饭吧?

他们后来还会经常一起在家用餐吗?

妮娜下厨的时候，会怀念当年连自己的空间都还没有的里赫特吗? 这样的结合，让她觉得幸福吗? ……

没有哪个导览员能够回答这种偏执的问题。

琴室之大，足够放下两架平台式的史坦威。导览员面带得意地引我到钢琴前，告诉我大师生前就是在这儿勤练的。我却想反问他：知不知道大师晚期的演奏会，用的钢琴都是 YAMAHA？

　　里赫特晚年多半旅居海外，回此处练琴的时间恐怕有限，但是这两架钢琴仍得继续配合演出，为参访游客制造不实幻觉：这就是了！大师用来锻铸出超凡琴艺的绝世神琴！这让我想到在游乐场中，那些穿着卡通人物服装负责叫卖揽客的打工仔，不免为这两架史坦威感到委屈。

　　它们不是被保存，而更像是被遗忘在此。不会再被人弹奏已经够悲伤，没想到还要伪装成幸福的模样，供朝圣者合照留念。

　　好在没有落单，还可以彼此作伴，到了夜晚锁门之后，有些回忆依旧可以反复诉说共用。但是，它们可能永远也不会知道，大师在弹奏它们时，心里其实在想象着另一架钢琴上的 pianissimo。

　　看不懂俄文，书房的书架上收藏的都是哪些作家的作品，不得而知。宛如在迷宫中穿梭般绕到最后，终于来到了里赫特的卧室。

空间异常狭小，仅有一张窄窄的单人床。

我望着那张还不及某些人家里沙发宽敞舒适的单人床，沉默了一会儿。他是在这张床上过世的吗？我问导览员。

喔不，他是心脏病发在医院过世的。他去世之前还在为他的音乐会做准备，在世最后弹奏的是舒伯特《第三钢琴奏鸣曲》。他说过他最喜欢的是第十八号的 D894——

我忍不住打断他：是在这里排演的吗？

导览员愣了一下。

不，是在他西郊外的别墅。

离去之前，我问导览员，能否让我在琴室里的史坦威上弹几个音，几个音就好，没想到竟然被允许。明知不过是另一种迎合观光客的手法罢了，内心仍然忍不住雀跃了一下。

然而，当我再回到琴室，注视着那两架史坦威无声依偎的情景时，瞬间原本已经伸出的右手食指却迟疑了——

无端又去撩拨，让它们突然醒来以为又要再度登台，是不是有些残忍？

就让它们静静沉睡而我转身，走进一如来时的那片茫茫白雪。

The End

二〇一八年十一月初稿

二〇一九年八月定稿

后记

　　谢谢即将要掩卷的各位，循着琴声，陪伴我一路
走到了这里。

　　这里除了寂寞，还有谎言，软弱，恐惧，懊悔；
但这里也什么都没有，不是空无一物的没有，而是无
限可能的、那种无法预测的、宛若如释重负的没有。

　　的确是如释重负了。没想到一个隐约的念头，在
心头积压了二十年后，竟然此刻有了一个终于定格的
画面：一场雪，一架钢琴，一个人。

　　要感谢的是岁月，毕竟二十年前的我是无法如此

勇敢诚实的。

二〇一八年的七月，当我写下"起初，我们都只是灵魂，还没有肉体"，之后，故事中的所有元素，意想不到地都开始被召唤出来了。终于能体会弗吉尼亚·伍尔夫在写下那句"达洛维夫人说她要自己去买花"时，生命中所有的疯狂、喜悦、悲伤、孤独一刹那突然都聚焦的那个当下，她是如何地讶异与心惊，但是已经没有退路了。

关心现实，批判社会，嘲讽人性，优秀的小说家在三十多岁时都做得到。但是三十多岁的我却一度决定不再写小说了，这一空白就是十三年。如果问我，《寻琴者》对我的意义究竟是什么？也许答案就是，我终于面对了那十三年间内心深处的自我怀疑，感觉伤痕累累的疲惫，还有迷惘。

而五十岁之后，我坦然接受，原来这就是作为像我这样一个人，总在追求一种在现实中没有换算刻度的感动，必然得付出的代价。

三十到五十岁，多么漫长的等待与跋涉。走过那些背叛与遗弃，生离与死别，总算走到了但求安心做人的这一天。走到了接下来的人生再没有脚本、世俗标准所代表的肯定再也无法支撑未来的这一天。我开始走向空旷的舞台，面对台下的你们，只想一口气把这个故事讲完。

我一直喜爱像是《雪国》《春琴抄》《魂断威尼斯》《局外人》……那样精致深刻的文笔，谁说一段深情款款钢琴独奏，力道会不及一部气势雄浑的交响乐？这样老灵魂式的自我追求，在年轻的时候特别容易受挫。一来是不符合约定俗成的年轻艺术家姿态，要野心勃勃，要大胆创新；二来是自己在那个年纪根本也无法说得清，缺乏那种如音符般的纯净与透明，达不到那样既慈悲又残忍的救赎。

越是躁郁骚动的年代，越是要懂得如何为自己调音。

中年后再提笔创作小说，先后完成了《夜行之子》《惑乡之人》与《断代》，企图跨越那些曾经在生命中发生的塌陷，回到 Ground Zero。来到了这本《寻琴者》，呼喊奔窜嘈杂的人声渐远，在记忆的彼端竟已化成淡淡的悠扬。曾经觉得这个世界严重走音，也许只是因为没有找到聆听的方式。

不会弹钢琴，却选择书写关于一个迷失在失望与渴望中的调音师，正因为需要这样的难度，才能够让小说创作之于我，成为永无止境的追求。终于发现可以温柔地轻吻那些压抑与寂寞所留下来的伤口了。最后能救赎自己的，原来仍是唯有这种旁人眼中仿佛自虐式的追求而已。

谢谢各位能够如同聆听一首钢琴曲般，耐心地欣赏了每一个音符，没有跳页，没有一目十行，甚至听到了字里行间所有的轻喟与低回。

小说的初稿先是发表于《印刻》文学杂志，谢谢简白副总编辑当时的邀稿。后来又经过改写，成为如今的样貌。谢谢王德威老师，以及朱天文、周芬伶、蔡素芬、郝誉翔在初稿阶段所给予的鼓励。同时要感谢"木马"的伙伴们，他们的用心付出，才让这本书能够呈现在各位眼前。

我们后会有期。

本文为台湾版《寻琴者》后记